MUERTE EN LA VICARÍA

AGATHA CHRISTIE

Mavenhill

SÍDNEY • LOS ÁNGELES • ROMA • LONDRES

Table of Contents

PRÓLOGO

Cuando leí por primera vez Muerte en la vicaría, lo hice con una serie de suposiciones que, retrospectivamente, no eran muy distintas de las que llevé a muchos encuentros tempranos con la ficción criminal clásica. Creía saber cómo debía ser un misterio de pueblo. Esperaba una excentricidad moderada, un rompecabezas amable y una resolución que restaurara el orden sin perturbar demasiado la superficie de las cosas. Lo que no esperaba era lo inquietante que resultaría la novela una vez que comenzara a prestar atención, ni cómo desmantelaría discretamente mi confianza en las apariencias.

Llegué a este libro como escritor formado principalmente por formas más oscuras del suspenso. Me atraían las historias de escala y velocidad, las conspiraciones, el espionaje y el peligro explícito. La vida de pueblo, en contraste, parecía prometer contención más que amenaza. Sin embargo, desde sus capítulos iniciales, Muerte en la vicaría sugería algo más perturbador. La violencia en su centro no surge del caos. Emerge de la familiaridad. De la proximidad. De la lenta acumulación de resentimiento que la sociedad educada prefiere no reconocer.

Esta fue la primera novela extensa de Agatha Christie protagonizada por la señorita Marple, y ese hecho por sí solo merece atención. Christie no estaba presentando a una detective extravagante ni a una figura de autoridad profesional. Estaba presentando un modo de percepción. La señorita Marple no se define por credenciales ni por presencia dramática. Se define por atención, memoria y una comprensión sin vergüenza de la debilidad humana. En un género a menudo fascinado por la astucia por sí misma, Christie ofreció algo más inquietante: el reconocimiento moral.

Lo que más me impactó al releer la novela fue cuán poco interés tiene Christie en el espectáculo. El asesinato en sí es impactante, pero no está sensacionalizado. El verdadero drama se desarrolla después, cuando el pueblo de St Mary Mead comienza a mirarse a sí mismo. Las conversaciones se vuelven sospechosas. Las reputaciones se fracturan. Agravios de larga data, previamente tolerados como rarezas de personalidad, se revelan como motivos. Christie entiende que las comunidades no son telones de fondo neutrales. Son ecosistemas, moldeados por el hábito, el silencio y los supuestos compartidos.

Como escritor, encontré este enfoque profundamente instructivo. Christie no se apresura. Permite que florezca la mala interpretación. Deja que el lector sienta la comodidad de la certeza antes de desmantelarla. La novela enseña paciencia no como elección estilística, sino como moral. La verdad, insiste Christie, no se revela a quienes se apresuran dejando atrás detalles inconvenientes.

La presencia de la señorita Marple cristaliza esta filosofía. Es frecuentemente subestimada, descartada como irrelevante o meramente curiosa. Sin embargo, su perspicacia proviene precisamente de las cosas que otros ignoran. Entiende cómo se comporta la gente cuando cree que no la observan, y cómo los patrones se repiten a través del tiempo y las circunstancias. Su genio no radica en la originalidad, sino en el reconocimiento. Ya lo ha visto todo antes, si no en este pueblo, entonces en otro parecido.

Esta fue una propuesta radical en 1930. La ficción detectivesca ya había establecido sus convenciones, muchas de ellas arraigadas en la autoridad profesional, la certeza forense o la exhibición intelectual. Christie cambió el terreno. Sugirió que el conocimiento de la naturaleza humana, especialmente sus expresiones más pequeñas y menos halagadoras, podría ser más confiable que la pericia. Al hacerlo, redefinió discretamente cómo podía verse la inteligencia en la página.

El momento histórico importa. Muerte en la vicaría se publicó entre las guerras, en una sociedad que aún se tambaleaba por la pérdida y la desilusión. La fe en las instituciones se había quebrado. Las jerarquías ya no parecían inmutables. En este contexto, el enfoque de Christie en la disfunción comunitaria se siente menos pintoresco y más incisivo. El pueblo se convierte en un microcosmos de un mundo que lucha por reconciliar las apariencias con la realidad.

También es importante reconocer que la novela es producto de su tiempo. Ciertas actitudes y suposiciones reflejan las normas sociales de la Inglaterra de principios del siglo XX. Los lectores modernos notarán momentos que se sienten anticuados o incómodos. Estos elementos no deben suavizarse ni ignorarse. Nos recuerdan que la literatura evoluciona, y que incluso las obras fundamentales llevan la impronta de su era. Comprometerse honestamente con estos aspectos profundiza en lugar de disminuir la experiencia de lectura.

Lo que ha perdurado notablemente bien es la inteligencia estructural de la novela. El control de Christie sobre la perspectiva es preciso. El uso de un narrador que es tanto observador como falible crea una tensión productiva entre lo que se ve y lo que se entiende. Se invita al lector a participar activamente, a cuestionar no solo a los personajes, sino sus propios instintos. El error de juicio se convierte en una experiencia compartida en lugar de un truco jugado a la audiencia.

Como escritor que trabaja hoy, me impresiona lo relevante que se siente esto. Vivimos en una era saturada de información, opiniones seguras y certeza performativa. La disciplina que Christie modela aquí, la voluntad de observar en silencio, de desconfiar del consenso y de revisar las propias conclusiones, se siente cada vez más rara. Muerte en la vicaría no recompensa la velocidad. Recompensa la atención.

El impacto duradero de la novela en el género es difícil de sobrestimar. Ayudó a establecer el misterio de pueblo no como una diversión amable, sino como un sitio legítimo de investigación moral. Demostró que la ficción criminal podía explorar dinámicas sociales con tanta seriedad como exploraba pistas. La influencia de la señorita Marple puede rastrearse a través de décadas de narrativa que reconocen la observación como poder y la familiaridad como riesgo.

La cultura popular ha vuelto a este mundo repetidamente, no solo por nostalgia, sino porque las tensiones subyacentes siguen siendo reconocibles. La idea de que las comunidades se protegen a través del silencio, de que la maldad puede normalizarse por el hábito, y de que la verdad a menudo se resiste porque perturba la comodidad, no ha perdido nada de su fuerza.

Lo que en última instancia le da a Muerte en la vicaría su autoridad es la contención. Christie confía en su lector. No explica en exceso ni moraliza abiertamente. Permite que las conclusiones emerjan a través de la acumulación en lugar de la declaración. Esta confianza en la inteligencia del lector es una de las cualidades más duraderas del libro.

Para los escritores, la novela ofrece una clase magistral en construcción, ritmo y claridad ética. Para los lectores, ofrece el placer del reconocimiento, la inquietante comprensión de que las suposiciones más peligrosas son a menudo las más cómodas. Y para quienes se encuentran con la señorita Marple por primera vez, ofrece una introducción a una forma de inteligencia que no se anuncia a sí misma, sino que perdura en silencio.

Esta edición presenta Muerte en la vicaría con notas resumen adjuntas diseñadas para apoyar una lectura cuidadosa sin disminuir el descubrimiento. Están pensadas como compañía más que como guía, ofreciendo estructura sin interpretación, y claridad sin intrusión.

Casi un siglo después de su publicación, la novela aún habla con autoridad tranquila. Nos recuerda que la violencia no siempre llega desde fuera, que las comunidades pueden ser cómplices en sus propios engaños, y que comprender requiere paciencia, humildad y atención. Christie lo supo desde temprano, y construyó una detective alrededor de ese conocimiento. Por eso Muerte en la vicaría continúa importando.

A.M. Khalifa
Enero 2026

CAPÍTULO UNO

Es difícil saber por dónde empezar esta historia, pero he elegido un miércoles concreto en la vicaría. Esto se debe a que la conversación que tuvo lugar alrededor de la mesa contenía detalles que influyeron en los acontecimientos posteriores.

Acababa de terminar de cortar un trozo de carne muy dura y dije, agitando el cuchillo de una forma nada apropiada para un vicario, que cualquiera que asesinara al coronel Protheroe estaría haciendo un favor al mundo.

Mi joven sobrino, Dennis, dijo: «Todos lo recordaremos cuando encuentren al anciano cubierto de sangre. Y Mary describirá cómo blandiste el cuchillo de forma violenta, ¿verdad, Mary?».

Pero Mary, que es sirvienta en la vicaría, se limitó a poner un plato de col de aspecto desagradable sobre la mesa y salió de la habitación.

«Siento ser tan inútil cuidando de la casa», dijo mi esposa, que se llama Griselda. Es veinte años más joven que yo, muy guapa e incapaz de tomarse nada en serio.

«Querida», le dije, «si tan solo lo intentaras...».

«Pero cuando lo intento, las cosas solo empeoran. Así que es mejor dejarlo en manos de Mary, que nos da cosas horribles para comer. Ahora, cuéntame más sobre el coronel Protheroe».

«Un hombre desagradable», dijo Dennis. «No es de extrañar que su primera esposa lo dejara».

«Querida», dijo Griselda, «¿por qué te enfadaste tanto con el coronel Protheroe? ¿Tenía algo que ver con el señor Hawes?».

Hawes es nuestro nuevo coadjutor, a quien el coronel Protheroe detesta.

«No, fue por el billete de una libra de la señora Price Ridley».

La señora Price Ridley, miembro de mi iglesia, había puesto un billete de una libra en la bolsa de la colecta. Más tarde, cuando leyó la cantidad recaudada en el tablón de anuncios de la iglesia, vio que no se había recibido ningún billete de una libra. Así que se quejó al coronel Protheroe, que es mayordomo de la iglesia.

«Quiere revisar todas las cuentas de la iglesia», le dije. «Vendrá aquí mañana por la tarde para que lo hagamos juntos. ¿Acaso cree que he robado dinero de la iglesia? Pero ahora debo seguir preparando mi sermón. ¿Qué vas a hacer esta tarde, Griselda?».

«Mi deber como esposa de un vicario. Té y charla a las cuatro y media».

—¿Quién vendrá?

—La señora Price Ridley, la señorita Wetherby, la señorita Hartnell y esa horrible señorita Marple.

—A mí me cae bastante bien la señorita Marple —dije—. Tiene sentido del humor.

«Y siempre sabe todo lo que ocurre en el pueblo», dijo Griselda. «Y lo explica de la peor manera posible».

«Bueno, no esperéis que vaya al té», dijo Dennis. «Los Protheroe me han invitado a jugar al tenis hoy. Qué suerte». Salió rápidamente de la habitación y Griselda y yo fuimos a mi estudio.

«Me pregunto de qué hablaremos durante el té», dijo Griselda. «De la señora Lestrange, supongo. Es muy misterioso, ¿no?, que de repente haya alquilado una casa aquí y casi nunca salga de ella. Es como una novela policíaca. Ya sabes: «¿Quién es ella, la misteriosa mujer de rostro pálido y hermoso? Nadie lo sabe»».

«Lees demasiadas novelas policíacas», le dije. «Ahora tengo que empezar a preparar mi sermón».

«¿Sabes?», dijo Griselda, «podría haberme casado con un político, un lord, un rico hombre de negocios, pero en lugar de eso te elegí a ti. ¿No te sorprende?».

«Sí. A menudo me preguntaba por qué».

Griselda se rió. «Me hacía sentir poderosa. Todos los demás hombres pensaban que era maravillosa. Pero yo soy el tipo de mujer que más te desagrada y, sin embargo, me adoras, ¿no es así?».

«Me importas mucho, querida».

«¡Oh! Len, tú me adoras», dijo Griselda. «Pero no me mereces. Así que tendré una aventura amorosa con el artista que está pintando mi retrato. Lo haré. Piensa en lo que se dirá en el pueblo». Me besó y salió al jardín por la puerta de cristal abierta.

CAPÍTULO DOS

Estaba de buen humor para escribir, pero ahora me sentía incómodo. Entonces, cuando cogí la pluma, Lettice Protheroe entró en la habitación.

Lettice es una chica guapa, alta, rubia y delicada. Entró por la puerta de cristal, se quitó su pequeño sombrero amarillo y dijo: «¿Está Dennis?».

Hay un camino desde Old Hall, donde ella vive, hasta la puerta de nuestro jardín, por lo que la mayoría de la gente que viene de allí se dirige a la ventana del estudio en lugar de seguir la carretera hasta la puerta principal.

«Dennis dijo que iba a jugar al tenis a tu casa. Dijo que tú se lo habías pedido».

Lettice se sentó en el sofá. «Creo que sí. Pero eso fue el viernes. Y hoy es martes».

«Es miércoles», dije.

«Ah. Entonces, ¿está Griselda aquí?».

—Está en el taller con Lawrence Redding.

«Ha habido algunos problemas con él», dijo Lettice. «Con papá».

«¿Por qué?», pregunté.

«Por pintarme un retrato. Llevaba puesto mi bañador. Mi padre se enteró. Es una tontería, voy a la playa con mi bañador, pero ahora mi padre no deja entrar a Lawrence en casa. Si tuviera dinero, me iría. Si mi padre muriera, entonces estaría bien».

«No debes decir cosas así, Lettice».

«Bueno, no me extraña que mi madre lo dejara. ¿Sabes? Durante años creí que estaba muerta. Me pregunto dónde estará. La nueva esposa de mi padre, Anne, me odia». Se levantó. «Tengo que irme. Le dije al doctor Stone que echaría un vistazo a su carretilla». Y volvió a salir, cruzando el jardín.

Pensé en el Dr. Stone, que era un arqueólogo muy conocido. Se había alojado en la posada Blue Boar mientras examinaba un antiguo cementerio en las tierras del coronel Protheroe. Ya había habido un desacuerdo entre ellos.

Me pregunté cómo se llevaría Lettice con la secretaria del Dr. Stone. La Srta. Cram es una mujer joven y saludable, con mejillas sonrosadas y voz fuerte. Es todo lo contrario de Lettice.

Tuve otra interrupción más. Mi coadjutor, Hawes, quería saber si mi entrevista con Protheroe tenía algo que ver con él. Le dije que no.

Entonces vi que las manecillas del reloj marcaban las cinco menos cuarto, lo que significaba que en realidad eran las cuatro y media, así que me levanté y fui al salón. Cuatro damas, con tazas de té en la mano, estaban reunidas allí con Griselda. Me senté entre la señorita Marple y la señorita Wetherby.

«Estábamos hablando», dijo Griselda, «del doctor Stone y la señorita Cram».

«Ninguna chica decente haría eso», dijo la señorita Wetherby.

«¿Hacer qué?», pregunté.

«Ser secretaria de un hombre soltero».

«Ay, querida», dijo la señorita Marple. «Creo que las casadas son las peores».

«¿No cree —dijo mi esposa— que a la señorita Cram le gustaría tener un trabajo interesante?».

Se hizo el silencio. Entonces, la señorita Marple le dio una palmadita en el brazo a Griselda. «Tú piensas lo mejor de todo el mundo».

«¿Pero de verdad crees que le atrae ese viejo aburrido?», dijo Griselda.

«El otro día se enfadó con el coronel Protheroe», dijo la señorita Marple. «El coronel le acusó de no saber nada de arqueología».

«Típico del coronel Protheroe, y qué tontería», dijo la señora Price Ridley.

«Muy propio del coronel Protheroe, pero quizá no fuera una tontería», dijo la señorita Marple. «A veces confiamos demasiado fácilmente en la gente».

«También se ha hablado de ese joven artista, el señor Redding, ¿no?», dijo la señorita Wetherby.

«¿Te lo ha contado Lettice?», me preguntó la señorita Marple. «La vi acercarse a la ventana del estudio». La señorita Marple vive al lado y lo ve todo, normalmente cuando está trabajando en el jardín.

«Sí, lo mencionó», admití.

—¡Oh! —exclamó la señorita Wetherby—. Y yo vi al doctor Haydock salir de la casa de campo de la señora Lestrange.

«Quizá esté enferma», sugirió la señora Price Ridley.

—No —dijo la señorita Hartnell—. La vi paseando por su jardín esta tarde.

«Ella y el doctor Haydock pueden ser viejos amigos», dijo la señora Price Ridley.

«Sí. Yo sé...», dijo Griselda.

Todos se inclinaron hacia delante.

«... que cuando estaban en el extranjero, su marido fue asesinado. Y el doctor Haydock la rescató».

La emoción aumentó, y entonces la señorita Marple dijo: «¡Mala chica! Si te inventas cosas, la gente suele creerlas y, a veces, eso causa problemas».

«Me pregunto si habrá un romance entre el artista Lawrence Redding y Lettice Protheroe», dijo la señorita Wetherby.

«Lettice no», respondió la señorita Marple pensativa. «Pero quizá otra persona».

Mientras hablaba, miraba a Griselda, y de repente me sentí muy enfadada. «¿No cree, señorita Marple —dije—, que las conversaciones descuidadas pueden causar problemas?».

«Querido vicario», dijo la señorita Marple, «las conversaciones descuidadas suelen ser crueles, pero también suelen ser ciertas».

CAPÍTULO TRES

«Qué mujer tan horrible», dijo Griselda cuando las damas se hubieron marchado. «Len, ¿de verdad crees que tengo un romance con Lawrence Redding?».

«No, claro que no. Pero me gustaría que tuvieras más cuidado con lo que dices».

«Lawrence ni siquiera intenta besarme», dijo ella. «No entiendo por qué».

«Sabe que eres una mujer casada. No quieres que te bese, ¿verdad?».

«En realidad, no», dijo Griselda. «Si está enamorado de Lettice Protheroe...».

«La señorita Marple no creía que lo estuviera».

«La señorita Marple puede estar equivocada».

«Nunca se equivoca».

Griselda hizo una pausa y luego dijo: «Me crees, ¿verdad? Cuando digo que no hay nada entre Lawrence y yo».

—Querida —dije—. Por supuesto.

«Querido Len». Mi esposa me besó. «Me creerías cualquier cosa que dijera, ¿verdad?». Y luego salió de la habitación.

Había muy poca gente esa noche en el servicio religioso del miércoles, pero después, cuando me marchaba, vi a una mujer de pie mirando una de nuestras vidrieras. Era la señora Lestrange.

«Estas vidrieras son preciosas», dijo.

Caminamos por la carretera, que pasaba por delante de su casa. Cuando llegamos a su puerta, me dijo: «Por favor, entra y dime qué te parece mi nueva casa».

Estaba decorada de forma muy sencilla, pero perfecta, y me pregunté qué habría llevado a la señora Lestrange a venir a St Mary Mead. Me parecía extraño que una mujer tan culta viviera en un pequeño pueblo rural.

Era una mujer muy alta. Tenía el pelo rojo dorado y un maquillaje perfecto. También tenía los ojos más inusuales que jamás había visto, ya que también eran casi dorados. Mientras hablábamos de cuadros, libros y iglesias antiguas, sentí que la señora Lestrange realmente quería hablarme de otra cosa. Cuando me fui a casa, miré atrás y la vi observándome con expresión ansiosa.

«Si hay algo que pueda hacer...», le dije.

«Es muy amable», respondió ella. «Es difícil. No, no creo que nadie pueda ayudarme».

Volví a la vicaría por la puerta del jardín. Al cerrarla, decidí de repente bajar al cobertizo, que Lawrence Redding utilizaba como taller, para ver el cuadro de Griselda mientras no había nadie allí. Abrí la puerta y me detuve. Había un hombre y una mujer en el taller. El hombre tenía los brazos alrededor de la mujer y la estaba besando.

Eran Lawrence Redding y la señora Protheroe.

Retrocedí y caminé rápidamente hacia mi estudio. El descubrimiento fue un gran shock para mí. De repente, alguien llamó a la puerta de cristal. Me levanté para abrirla y la señora Protheroe entró directamente. La mujer tranquila y controlada había desaparecido. En su lugar, me encontraba ante una criatura desesperada que respiraba con dificultad. Por primera vez, me di cuenta de que Anne Protheroe era hermosa. Tenía el pelo castaño, el rostro pálido y unos ojos grises muy profundos.

—¿Lo has visto? —dijo.

«Sí».

«Nos queremos...».

No dije nada.

«Supongo que para usted eso está muy mal».

«Usted es una mujer casada...».

«¡Oh! ¿Crees que no lo he pensado una y otra vez? No soy una mala mujer. Es solo que no sé qué hacer. Soy muy infeliz. Ninguna mujer podría ser feliz con mi marido. Ojalá estuviera muerto. Es horrible, pero lo deseo...».

Le dije lo que era mi deber decirle, recordando todo el tiempo cómo esa mañana había dicho que un mundo sin el coronel Protheroe sería un lugar mejor.

Cuando se marchó, me dio las gracias. Pero yo estaba preocupado, porque ahora sabía que Anne Protheroe era el tipo de mujer que no se detendría ante nada cuando sus emociones tomaban el control. Y estaba locamente enamorada de Lawrence Redding.

CAPÍTULO CUATRO

Había olvidado por completo que habíamos invitado a Lawrence Redding a cenar esa noche. Cuando Griselda me lo dijo, me quedé sorprendido.

«He pensado en lo que dijiste durante el almuerzo», me dijo, «y he encontrado algunas cosas buenas para comer».

Por desgracia, nuestra cena solo demostró que Griselda tenía razón cuando dijo que cuanto más lo intentaba, peor salían las cosas. El menú era caro, pero Mary parecía haber disfrutado cocinando todo poco o demasiado hecho. Sin embargo, Lawrence Redding fue un invitado muy agradable. Tiene el pelo oscuro, los ojos de un azul brillante y sabe contar buenas historias. Griselda y Dennis no paraban de contar chistes y Lawrence se unía alegremente a ellos. Sin embargo, no me sorprendió que después de la cena sugiriera que fuéramos a mi estudio.

En cuanto nos quedamos solos, su actitud cambió. «Esto no es el típico romance entre Anne y yo».

Le dije que la gente llevaba diciendo eso desde el principio de los tiempos, y una extraña sonrisa se dibujó en sus labios. «Por supuesto, si esto fuera un libro, el anciano moriría y nadie lo lamentaría».

Le dije que eso era cruel.

«¡Oh! No quería decir que fuera a apuñalarlo por la espalda, aunque le agradecería a cualquiera que lo hiciera. Me sorprende que la primera señora Protheroe no lo matara. No sabes cómo sufre Anne. Si tuviera suficiente dinero, me la llevaría ahora mismo».

Entonces le hablé muy seriamente y le pedí que se marchara de St Mary Mead. Si se quedaba, la gente empezaría a hablar de su relación con Anne. El coronel Protheroe se enteraría y las cosas empeorarían mucho para ella.

«Pero todo el mundo cree que me interesa Lettice».

«¿No has pensado —le pregunté— que Lettice también podría pensar eso?».

Lawrence pareció sorprendido. A Lettice no le importaba en absoluto. En ese momento, entraron Griselda y Dennis y dijeron que no debía impedir que Lawrence se divirtiera.

«Oh, cómo me gustaría algo de emoción», dijo Griselda. «Un asesinato... o simplemente un robo».

«No creo que haya nada que valga la pena robar», dijo Lawrence. «A menos que robemos la dentadura postiza de la señorita Hartnell».

«Hacen un ruido horrible», dijo Griselda. «Pero te equivocas al decir que no hay nada que merezca la pena robar. En Old Hall hay una maravillosa vajilla antigua de plata, incluida una tazza del siglo XVII. Vale miles de libras».

«Probablemente el anciano te dispararía», dijo Dennis.

«¡Oh, entraríamos primero y le diríamos que levantara las manos!», dijo Griselda. «¿Alguien tiene un arma?».

«Yo tengo una Mauser», dijo Lawrence.

«Qué emocionante. ¿Por qué la tienes?».

«Como recuerdo de la guerra».

—Protheroe le ha enseñado hoy la plata al doctor Stone —dijo Dennis—. Stone fingía estar muy interesado en ella.

«Bueno», dijo Lawrence, «tengo que irme. Gracias por una velada muy agradable».

El jueves, salía de la iglesia y me dirigía a casa para almorzar cuando me encontré con el coronel Protheroe.

«Ese criminal, el señor Archer», gritó. «¡Ayer salió de prisión y promete castigarme! ¿Por qué? Porque cuando yo, como magistrado, lo envié a prisión, no tuve en cuenta a su esposa e hijos. Qué tontería. Estoy seguro de que está de acuerdo conmigo».

«Se olvida», le dije. «Como vicario, creo en el perdón».

«¡Tonterías! Lo que necesitamos es un cristianismo fuerte. Así que vendré a la vicaría esta tarde, como acordamos, a las seis y cuarto». Y se marchó.

Fui a casa, almorcé y volví a salir para visitar a algunas personas. Griselda se había ido a Londres en el tren barato de los jueves. Cuando regresé, sobre las cuatro menos cuarto, Mary me dijo que el señor Redding me esperaba en el estudio.

Estaba muy pálido. «Vigario, tenía razón. Debo marcharme del pueblo».

«Creo que ha tomado la decisión correcta», le dije.

«¿Cuidará usted de Anne?».

«Por supuesto. Haré todo lo que pueda para ayudarla».

«Gracias». Me estrechó la mano. «Me iré mañana».

Cuando se hubo marchado, intenté escribir mi sermón, pero a las cinco y media sonó el teléfono. Me dijeron que el señor Abbott, de Low Farm, se estaba muriendo y me pidieron que fuera inmediatamente.

Low Farm estaba a casi dos millas de distancia y era imposible que pudiera volver antes de las seis y cuarto. Llamé a Old Hall, pero me informaron de que el coronel Protheroe acababa de salir. Así que le dije a Mary que intentaría volver antes de las seis y media y me fui.

CAPÍTULO CINCO

Eran casi las siete cuando regresé. Cuando llegué a la puerta de la vicaría, se abrió y salió Lawrence Redding. Temblaba por todo el cuerpo.

—Hola —dije—. Siento haber salido. Vuelve. Tengo que ver a Protheroe, pero no tardaremos mucho.

—Protheroe —comenzó a reír—. ¡Oh, ya verás a Protheroe! ¡Oh, sí!

Preocupado, extendí una mano hacia él.

«No», gritó. «Tengo que irme. Tengo que pensar». Y empezó a correr por la carretera.

Entré en la vicaría. La puerta principal siempre está abierta, pero llamé al timbre y Mary me abrió.

«¿Está aquí el coronel Protheroe?», le pregunté.

«Lleva aquí desde las seis y cuarto».

«¿Y el señor Redding ha estado aquí?».

«Llegó hace unos minutos. Le dije que usted volvería pronto y que el coronel Protheroe estaba esperando en el estudio. Dijo que él también esperaría. Ahora está allí».

«No, no está», dije. «Acabo de encontrarme con él fuera».

«Bueno, no puede haber estado más de dos minutos».

Bajé por el pasillo y abrí la puerta del estudio. Di unos pasos por la habitación y luego me detuve. No podía entender lo que tenía delante.

El coronel Protheroe yacía sobre mi escritorio. Había un charco de líquido oscuro junto a su cabeza, que goteaba sobre el suelo. Me acerqué a él. Su piel estaba fría. El hombre estaba muerto, con un disparo en la cabeza.

Llamé a Mary y le ordené que fuera corriendo a buscar al doctor Haydock. Haydock es un hombre corpulento con rostro honesto. Cuando llegó, se inclinó sobre el coronel Protheroe y lo examinó, luego me miró. «Está muerto, creo que lleva muerto media hora».

«¿Suicidio?».

«No. Mire la posición de la herida. ¿Y dónde está el arma? Será mejor que llame a la policía». Cogió el teléfono y expuso los hechos de la forma más sencilla posible.

«¿Es un asesinato?», pregunté.

«Eso parece».

«Hay algo bastante extraño», dije. «Esta tarde me pidieron que fuera a ver a un hombre moribundo, pero cuando llegué allí todos se sorprendieron mucho. El hombre estaba mucho mejor y su esposa dijo que no me había llamado por teléfono».

«Así que alguien quería sacarte de la vicaría», dijo Haydock. «¿Dónde está tu mujer?».

«Se ha ido a Londres a pasar el día».

—¿Y el sirviente?

—En la cocina, al otro lado de la casa.

—Donde no puede oír nada de lo que ocurre en el estudio. ¿Quién sabía que Protheroe vendría aquí esta noche?

—Lo mencionó esta mañana en el pueblo, muy alto, como de costumbre.

«¡Así que todo el mundo lo sabía!».

Se oyó el ruido de pasos en el pasillo exterior y luego se abrió la puerta.

«Buenas noches, caballeros, soy el agente Hurst. El inspector llegará enseguida. Hasta entonces, yo haré las preguntas». Sacó su libreta.

Repetí mi relato sobre el descubrimiento del cadáver. Luego se volvió hacia el médico. «En su opinión, doctor Haydock, ¿cuál fue la causa de la muerte?».

«Un disparo en la cabeza».

«¿Y el arma?».

«No puedo estar seguro hasta que saquemos la bala. Pero probablemente fue una pistola pequeña, digamos una Mauser 25».

De repente recordé la conversación de la noche anterior, y que Lawrence Redding nos había dicho que tenía una Mauser.

Hurst le preguntó al Dr. Haydock: «En su opinión, ¿cuándo se produjo la muerte?».

«Creo que lleva muerto poco más de media hora. Sin duda, no más».

En ese momento, llegó el inspector Slack. Nunca había conocido a un hombre más diferente de lo que su nombre indicaba. No solo era muy enérgico, sino también extremadamente grosero y mandón. El inspector Slack cogió la libreta de su agente, la leyó y se acercó al cadáver. Luego miró las cosas que había sobre el escritorio y examinó la sangre. «¡Ah!», dijo. «Cuando cayó hacia delante, el reloj se volcó y se detuvo. Eso nos dará la hora del crimen. Las seis y veintidós minutos. ¿A qué hora dijo que murió, doctor?».

—Dije que hacía media hora, pero...

El inspector miró su reloj. «Las siete y cinco. Me enteré hace diez minutos, a las siete menos cinco. El cadáver fue descubierto a las siete menos cuarto. Y si lo examinó a las diez menos... ¡Vaya, eso nos da casi el mismo segundo!».

Yo había intentado hablar. «Sobre el reloj...».

«Señor, le haré todas las preguntas que quiera saber. El tiempo es escaso. Lo que quiero es silencio».

«Sí, pero me gustaría decirle...».

«¡Silencio!», dijo el inspector. Así que le di lo que pedía.

Él seguía mirando el escritorio. «Hola, ¿qué es esto?». Levantó un trozo de papel.

En la parte superior estaba escrito «6.20». «Querido Clement, comenzaba diciendo: «Lo siento, no puedo esperar más, pero debo...». Aquí terminaba la escritura.

«Es obvio», dijo el inspector Slack. «Se sienta a escribir esto, un enemigo entra por la puerta de cristal y le dispara».

«Solo quiero decir...», empecé.

«Apártese, señor. Quiero ver si hay huellas». Se dirigió hacia la ventana abierta.

«Creo que debería saber...», dije.

El inspector se volvió. «Ahora, caballeros, por favor, salgan de aquí».

Nos dejamos empujar como niños.

«Bueno», dijo Haydock. «Cuando ese hombrecillo mandón me necesite, envíelo a la consulta. Adiós».

Entonces Mary vino a decirme que Griselda había vuelto, así que fui a la sala de estar y le conté todo. Finalmente, dije: «La carta tiene como encabezamiento 6.20. Y el reloj se cayó y se detuvo a las 6.22».

«Sí», dijo Griselda. «¿Pero no le dijiste que el reloj del estudio siempre iba un cuarto de hora adelantado?».

«No», respondí. «No me dejó».

«Pero, Len», dijo Griselda, «eso es extraordinario. Porque cuando ese reloj marcaba las seis y veinte, en realidad solo eran las seis y cinco, y a las seis y cinco no creo que el coronel Protheroe hubiera llegado siquiera a la casa».

CAPÍTULO SEIS

Pensábamos que el inspector Slack vendría a preguntarme qué era lo que quería decirle, así que nos sorprendió cuando Mary nos dijo que se había marchado. Entonces Griselda dijo que iría a Old Hall. «Será horrible para Anne Protheroe».

Justo después de que ella se marchara, Dennis regresó de una partida de tenis. «Siempre he querido estar en medio de un asesinato», dijo, y salió al jardín a buscar huellas. Su alegría me molestó bastante, pero la muerte significa muy poco para un chico de dieciséis años.

Una hora más tarde, Griselda regresó. Había visto a Anne Protheroe justo después de que el inspector le diera la noticia.

«¿Cómo estaba?», le pregunté.

«Estaba muy callada...».

«¿Y Lettice?».

«Estaba fuera, jugando al tenis en algún sitio. Pero Anne estaba muy callada, muy extraña».

«¿Por la conmoción?», sugerí.

«Supongo que sí. Y, sin embargo, no parecía tan conmocionada como asustada».

«¿Asustada?».

«Sí. Me pregunto si sabrá quién lo mató. No paraba de preguntar si había algún sospechoso».

Entonces Dennis entró muy emocionado porque había encontrado una huella en uno de los parterres. Estaba seguro de que era muy importante.

Pero fue Mary, y no Dennis, quien nos trajo la sensacional noticia a la mañana siguiente. Acabábamos de sentarnos a desayunar cuando apareció en la puerta. «¡Han arrestado al señor Redding!».

«¿Han arrestado a Lawrence?», exclamó Griselda. «Debe de ser un error».

«No hay duda», dijo Mary. «El señor Redding fue él mismo a la comisaría. Anoche. Entró, tiró la pistola y dijo: «Fui yo». Así, sin más». Satisfecha, salió de la habitación.

«No puede ser cierto», dijo Griselda. «¿Qué motivo podría tener Lawrence para matar al coronel Protheroe?».

Yo podría haber respondido a esa pregunta, pero no quería involucrar a Anne Protheroe. «Recuerda que lo vi justo fuera de la verja. Parecía un loco. Y también está lo del reloj», dije. «Lawrence debió de atrasarlo a las 6:20 para tener una coartada. Y el inspector Slack se lo creyó».

«Te equivocas. Lawrence sabía que el reloj adelantaba. «¡Para que el vicario llegue puntual!», solía decir».

«Puede que se le olvidara».

«No, si estuvieras cometiendo un asesinato, tendrías mucho cuidado con cosas así».

«No lo sabes, querida», le dije. «Nunca has cometido uno». Antes de que Griselda pudiera responder, una sombra se proyectó sobre la mesa y una voz muy suave dijo: «Por favor, perdónenme. Pero después de la triste noticia...». Era la señorita Marple. Abrí la puerta de cristal y ella entró y se sentó con nosotros. Parecía un poco sonrojada y algo emocionada.

«Pobre coronel Protheroe. No era un hombre muy agradable, pero aun así es triste. ¿Y le dispararon en el estudio de la vicaría? Pero usted, querido vicario, no estaba aquí en ese momento, ¿verdad?». Le expliqué dónde había estado.

«¿Dennis no está con usted esta mañana?», dijo la señorita Marple. «Dennis», dijo Griselda, «está muy emocionado por una huella que ha encontrado y ha ido a contárselo a la policía».

«Vaya, vaya», dijo la señorita Marple. «Así que Dennis cree saber quién cometió el crimen. Bueno, supongo que todos creemos saberlo. Y supongo que cada uno cree que fue alguien diferente. Por eso es tan importante tener pruebas. Estoy segura de saber quién lo hizo. Pero no tengo ni una sola prueba. El inspector Slack dijo que vendría a verme esta mañana, pero acaba de llamar para decir que no será necesario».

—Supongo que es por el arresto —dije.

«¿El arresto?», preguntó la señorita Marple inclinándose hacia delante. «No sabía que hubiera habido un arresto».

—Sí, Lawrence Redding —dije.

«¿Lawrence Redding? No pensaba que...».

—No puedo creerlo, ni siquiera ahora —interrumpió Griselda—. Aunque haya confesado.

«¿Confesado?», dijo la señorita Marple. «¡Ay, Dios mío! Me he equivocado mucho...».

—Se entregó —dijo Griselda.

«¡Oh!», dijo la señorita Marple. «Me alegro mucho, muchísimo».

«Supongo que eso demuestra que realmente lo siente», dije.

«¿Arrepentido?», preguntó la señorita Marple con sorpresa. «Pero, vicario, ¿no creerá usted que es culpable?».

—Ha confesado...

«Sí, pero eso solo lo demuestra. Quiero decir que él no tuvo nada que ver».

«No», dije. «Si no has cometido un asesinato, no veo razón para fingir que lo has hecho».

«¡Oh, claro que hay una razón!», dijo la señorita Marple. «Siempre hay una razón. Y los jóvenes son tan impulsivos y tan rápidos a la hora de creer lo peor...».

«Si hubiera visto su cara anoche...», empecé a decir.

«Cuénteme», dijo la señorita Marple. Y así lo hice. Cuando terminé, dijo: «Sé que a menudo soy bastante estúpida, pero realmente no entiendo su argumento. Me parece que si un joven hubiera decidido quitarle la vida a otro hombre, no parecería molesto por ello después. Es difícil imaginarme en esa situación, pero no puedo creer que yo misma estuviera molesta».

«Pero si hubo una discusión», argumenté, «el disparo pudo haberse producido en un arranque de ira repentino, y Lawrence pudo haberse sentido muy alterado después por lo que había hecho».

«Pero, señor Clement, no me parece que los hechos encajen con su argumento. Su criada dijo que el señor Redding solo estuvo en la casa dos minutos. Y el coronel recibió un disparo mientras escribía una carta. La carta también parece muy extraña. Quiero decir...». Miró a su alrededor.

Lettice Protheroe entró por la puerta de cristal. —He oído que han arrestado a Lawrence.

«Sí», dijo Griselda.

«¿Ha visto mi sombrero aquí, uno pequeño y amarillo?», dijo Lettice. «Creo que lo dejé en el estudio».

—Si es así, todavía está allí —dijo Griselda.

«Iré a ver», dijo Lettice.

«Me temo que ahora no podrás cogerlo», dije. «El inspector Slack ha cerrado la habitación con llave».

—¡Qué fastidio!

«Seguro que ahora mismo no te hace mucha falta un sombrero amarillo, Lettice».

—¿Quieres decir que debería vestir de negro? No me molestaré. Es muy anticuado. Una extraña sonrisa se dibujó en sus labios. —Creo que iré a casa y le diré a Anne que han arrestado a Lawrence. Salió de nuevo por la ventana francesa.

La señorita Marple sonrió. «Esa niña no es tan soñadora como pretende ser. Tiene una idea muy clara en la cabeza y está actuando en consecuencia».

Llamaron con fuerza a la puerta del comedor. «Ha venido el coronel Melchett», dijo Mary. «Quiere ver al señor».

Me levanté de inmediato.

CAPÍTULO SIETE

El coronel Melchett es el jefe de policía. Es bajito y pelirrojo.
—Pobre viejo Protheroe —dijo—. No me caía bien, claro. A
nadie le caía bien. Pero me ha sorprendido que el joven Redding
lo haya hecho. Y me ha sorprendido saber que ha confesado.

«¿Qué pasó exactamente?».

«Ayer por la noche, sobre las diez, Redding entró, tiró una
pistola al suelo y le dijo a la policía: «Aquí estoy. Yo lo hice».
Así, sin más».

«¿Describió lo que pasó?», pregunté.

«No mucho. Dijo que vino aquí a verte y se encontró con
Protheroe. Discutieron y le disparó. No dice de qué discutieron.
He oído rumores sobre Redding y la hija. ¿Era ese el problema?».

«No», respondí. «Fue algo muy diferente, pero ahora
mismo no puedo decir más».

Él asintió. «Gracias. Bueno, tengo que ver al doctor
Haydock. Le llamaron para atender a un paciente, pero ya
debería haber vuelto. ¿Quieres venir?».

La casa de Haydock está al lado de la mía. El médico acababa
de llegar y estaba comiendo un plato de huevos con beicon en el
comedor. —Lo siento, tuve que salir. Son los bebés, no nosotros,
los que deciden cuándo llegan. Pero tengo la bala para usted. —
Empujó una cajita por la mesa.

Melchett la examinó. «¿Punto dos cinco?».

Haydock asintió. «Qué tonto, joven. Es increíble que nadie
oyera el disparo».

«Sí», dijo Melchett.

«La cocina está al otro lado de la casa», dije. «Y el sirviente
era la única persona que estaba en casa».

«Pero es extraño», dijo Melchett. «Me pregunto por qué
la señorita Marple no lo oyó. La ventana del estudio estaba
abierta».

—Quizá lo oyó —dijo Haydock.

«No», dije yo. «No dijo nada al respecto, y lo habría hecho si lo hubiera oído».

«¿Y si había un silenciador? Entonces nadie habría oído nada».

Me di cuenta de que el doctor Haydock parecía muy alegre esa mañana. Pero también parecía como si intentara ocultarlo.

Melchett negó con la cabeza. —Slack no encontró ningún silenciador y le preguntó a Redding. Al principio, Redding parecía no saber de qué le hablaba, pero luego dijo que no había utilizado ninguno. No puedo creer que sea un asesino.

«Bueno, nunca olvidaré su cara cuando lo vi fuera de mi puerta, ni la forma en que dijo: «¡Oh, ya verás a Protheroe!». Eso debería haberme hecho sospechar lo que acababa de pasar». Haydock me miró fijamente. «¿Qué quieres decir con «lo que acababa de pasar»? ¿Cuándo crees que Redding le disparó?».

«Unos minutos antes de que llegara a la casa».

El médico negó con la cabeza. «Imposible. Llevaba muerto mucho más tiempo».

«Pero, Haydock —dijo el coronel—, si Redding admite haberle disparado a las siete menos cuarto...».

El rostro de Haydock se puso repentinamente pálido. «Es imposible. Soy médico y lo sé. La sangre había empezado a coagularse».

«Pero si Redding miente...». Melchett se detuvo. «Será mejor que bajemos a la comisaría y lo veamos».

CAPÍTULO OCHO

El inspector Slack estaba en la comisaría y pronto nos encontramos sentados frente a Lawrence Redding.

«Bien», dijo Melchett, «usted dice que fue a la vicaría sobre las siete menos cuarto. Encontró allí a Protheroe, discutió con él, le disparó y se marchó».

«Sí. Maté a Protheroe».

«¡Ah! Bueno...», respondió Melchett. «¿Cómo conseguiste tener una pistola contigo?».

—La llevaba en el bolsillo.

—¿La llevó a la vicaría?

—Sí.

«¿Por qué?».

—Siempre la llevo.

«¿Por qué cambiaste la hora del reloj?».

«¿El reloj?», Redding parecía confundido.

«Sí, las manecillas marcaban las 6:22».

«¡Ah! Eso... sí. Lo cambié».

Se oyó un ruido fuera. Un agente trajo una nota. «Para el vicario. Es muy urgente».

La abrí y leí:

Por favor, por favor, ven a verme. No sé qué hacer. Quiero contárselo a alguien. Por favor, ven ahora mismo. Y trae a quien quieras contigo.

Anne Protheroe.

Se la mostré a Melchett. Cuando salimos todos juntos, miré por encima del hombro y vi la cara de Lawrence Redding. Sus ojos miraban la nota que tenía en la mano y nunca había visto tanto dolor en el rostro de un ser humano.

Mientras caminábamos hacia Old Hall, les conté a Melchett y Haydock cómo había visto a Redding y a la señora Protheroe besándose en el taller. Cuando llegamos, un criado nos abrió la puerta.

«Buenos días», dijo Melchett. «¿Podría decirle a la señora Protheroe que estamos aquí? Nos gustaría hacerle algunas preguntas».

El criado se apresuró a marcharse y volvió para decirnos que ella nos recibiría en breve.

—Bien —dijo Melchett—. ¿Estuvo su señora aquí ayer para almorzar?

«Sí, señor».

«¿Qué pasó después del almuerzo?».

—La señora Protheroe subió a descansar y el coronel se fue a su estudio. La señorita Lettice salió a una partida de tenis. El coronel y la señora Protheroe tomaron el té a las cuatro y media. A las cinco y media, los llevaron al pueblo. Inmediatamente después de que se marcharan, el señor Clement llamó por teléfono y yo le dije que habían salido.

«¿Pero el señor Redding no vino ayer a la casa?», preguntó Melchett.

«No, señor».

«¿Vino alguien más?».

—Ayer no.

«¿Y el día anterior?».

—El señor Dennis Clement vino por la tarde. Y el doctor Stone también estuvo aquí. Y una señora vino por la noche.

«¿Una señora?», preguntó Melchett. «¿Quién era?».

Era una señora que la criada no había visto antes y que había preguntado por el coronel Protheroe, no por la señora Protheroe.

«¿Cuánto tiempo se quedó la señora?».

Media hora, pensó. Y sí, ahora recordaba su nombre: la señora Lestrange.

Esto nos sorprendió mucho. Pero en ese momento llegó un mensaje diciendo que la señora Protheroe nos recibiría.

Anne estaba en la cama. Tenía el rostro pálido, pero con una extraña expresión de determinación.

«Gracias por venir tan rápido», dijo. «Una vez que tomé la decisión de contárselo, quise hacerlo lo antes posible. Así que, coronel Melchett, fui yo quien mató a mi marido».

El coronel Melchett dijo: «Mi querida señora Protheroe...».

«¡Es cierto! Lo odiaba y ayer le disparé».

«¿Sabía usted, señora Protheroe, que Lawrence Redding ya ha confesado el crimen?».

Anne asintió con la cabeza. «Está enamorado de mí. Fue muy amable por su parte, pero muy tonto».

«¿Sabía que fuiste tú quien mató a tu marido?».

«Sí».

«¿Cómo lo sabía?».

Ella hizo una pausa. «Se lo dije... No quiero hablar más de eso».

«¿Dónde consiguió la pistola, señora Protheroe?».

«¡La pistola! Oh, era de mi marido. La cogí del cajón que hay junto a su cama».

«¿Y se la llevó a la vicaría?».

«Sí. Sabía que estaría allí...».

«¿A qué hora fue eso?».

«Debían de ser más de las seis, y cuarto, algo así».

«¿Cogió la pistola con la intención de disparar a su marido?».

«No, con la intención de pegarme un tiro. Pero me acerqué a la ventana del estudio. Miré dentro. Vi a mi marido y disparé».

«¿Y luego?».

«Luego me fui».

«¿Alguien la vio entrar o salir de la vicaría?».

«Sí. La señorita Marple. Estaba en su jardín». Cerró los ojos. «Ya le he contado todo. Por favor, váyase ahora».

«Me quedaré con ella», le susurró el doctor Haydock a Melchett. «Mientras usted hace los preparativos necesarios».

Cuando Melchett y yo salimos del dormitorio, vi a un hombre delgado salir de otra habitación al final del pasillo.

«¿Es usted el sirviente personal del coronel Protheroe?», le pregunté.

—Sí, señor.

—¿Sabe si guardaba una pistola en algún sitio?

«Nunca he visto ninguna».

«¿Ni en uno de los cajones junto a su cama?».

El hombre negó con la cabeza. «No tenía pistola. Si la hubiera tenido, la habría visto».

Bajé las escaleras apresuradamente tras Melchett. La señora Protheroe había mentido sobre la pistola.

¿Por qué?

CAPÍTULO NUEVE

Después de dejar un mensaje en la comisaría, el jefe de policía dijo que iba a visitar a la señorita Marple.

«Por favor, acompáñeme, vicario», dijo. «No quiero asustarla».

Sonreí. La señorita Marple es tan fuerte como cualquier jefe de policía. Llamamos al timbre y una criada nos acompañó al salón.

Cuando le presenté al coronel Melchett a la señorita Marple, él dijo: «Quiero hablar con usted sobre la muerte del coronel Protheroe. Su casa está al lado de la vicaría, así que quizá haya visto algo que nos pueda ayudar».

«De hecho, ayer estuve en mi jardín desde las cinco en punto y, desde allí, bueno, puedo ver todo lo que ocurre en la casa de al lado».

«¿Cree que la señora Protheroe pasó ayer por la tarde por su jardín?».

«Sí. Justo después de las seis y cuarto. Dijo que iba a reunirse con su marido en la vicaría. Entró por la puerta trasera».

—¿Y entró en la vicaría? —preguntó Melchett.

«Sí. Pero supongo que el coronel Protheroe aún no estaba allí, porque volvió casi inmediatamente y se dirigió al taller».

«Entiendo. ¿Y usted no oyó ningún disparo?».

—No oí ningún disparo entonces —dijo la señorita Marple.

—¿Pero lo oyó después?

—Sí, creo que hubo un disparo en algún lugar del bosque. Cinco o diez minutos después. Oh, ¿podría haber sido...? —Se detuvo, pálida por la emoción.

—¿Así que la señora Protheroe bajó al taller? —dijo el coronel Melchett.

—Sí. Entonces el señor Redding se acercó a la puerta de la vicaría, miró a su alrededor...

«Y la vio a usted, señorita Marple».

—No. Porque yo estaba agachada. Él bajó al taller. La señora Protheroe se acercó a la puerta y ambos entraron.

«¿Y cuándo salieron?», preguntó el coronel Melchett. «Unos diez minutos después. Y el doctor Stone bajó por el camino desde Old Hall, así que todos caminaron juntos hacia el pueblo. Al final de la carretera, creo que se les unió la señorita Cram. Debía de ser la señorita Cram porque llevaba una falda muy corta».

«Bien, entonces», dijo el coronel Melchett, «¿también vio las expresiones de la señora Protheroe y el señor Redding mientras caminaban por la carretera?».

«Sonreían y hablaban», dijo la señorita Marple. «Parecían muy felices».

«Qué extraño», dijo el coronel.

Entonces la señorita Marple nos sorprendió a ambos al decir: «¿Ha confesado ya la señora Protheroe el crimen?».

«¡Vaya!», dijo el coronel. «¿Cómo lo ha adivinado?».

«Bueno, pensé que podría hacerlo», dijo la señorita Marple. «Creo que Lettice también lo pensó. Es una chica muy inteligente. Así que Anne Protheroe dice que mató a su marido. Bueno, estoy casi segura de que eso no es cierto. ¿Cuándo dice que le disparó?».

«A las seis y veinte. Justo después de hablar contigo».

«¿Con qué le disparó?».

—Con una pistola.

—¿Dónde la encontró?

—La trajo consigo.

«No», dijo la señorita Marple. «No llevaba ninguna pistola consigo».

«Podría haberla tenido en el bolso».

«No llevaba bolso».

«Pero todo encaja», dijo Melchett. «La hora, el reloj volcado que marcaba las 6:22...».

«No», le interrumpí. Y le conté lo del reloj.

Melchett estaba molesto. «¿Por qué no se lo dijiste a Slack anoche?».

«Porque no me dejó».

«Tonterías. Y si una tercera persona afirma haber cometido este asesinato, me volveré loco».

«Coronel Melchett», dijo la señorita Marple, «¿por qué no le cuenta al señor Redding lo que ha hecho la señora Protheroe y le explica que no le cree? Y luego le dice a la señora Protheroe que el señor Redding es inocente... Bueno, entonces quizá ambos le digan la verdad».

—Pero son las únicas dos personas que tenían motivos para matar a Protheroe.

—¿De verdad lo cree?

«Bueno, ¿se le ocurre alguien más?».

—¡Oh, sí! —dijo la señorita Marple. Contó con los dedos: «Uno, dos, tres, cuatro, cinco, seis... sí, y posiblemente siete. Se me ocurren al menos siete personas que podrían estar muy contentas con la muerte del coronel Protheroe».

«¿Siete personas? ¿En St Mary Mead?», dijo Melchett.

La señorita Marple asintió con entusiasmo. —Hay mucha maldad en el mundo. Un buen soldado como usted no sabe nada de estas cosas.

Pensé que el jefe de policía iba a estallar de ira.

CAPÍTULO DIEZ

Al entrar en la vicaría, oí voces. Abrí la puerta del salón y, en el sofá junto a Griselda, estaba sentada Gladys Cram, la secretaria del doctor Stone.

«Buenos días, señor Clement», dijo. «¿No es terrible la noticia? ¡Un asesinato! En este tranquilo pueblo».

—Así que Gladys ha venido para enterarse de todo —dijo Griselda.

La señorita Cram se rió a carcajadas. —Una chica también necesita un poco de emoción. Y, señora Clement, usted es la única persona del pueblo con la que puedo hablar, aparte de un montón de ancianas.

«Está Lettice Protheroe», dije.

Ella negó con la cabeza. —Es demasiado elegante para hablar con una chica que tiene que trabajar para ganarse la vida. Aunque la oí decir que ella también quería trabajar. No es muy feliz en casa. Bueno, ¿quién sería feliz con una madrastra? Yo no lo soportaría.

«¡Ah! Pero tú eres fuerte», dijo Griselda.

La señorita Cram estaba claramente complacida. «Así soy yo. Y le he dicho al doctor Stone que necesito descansos regulares. Estos científicos piensan que las chicas son una especie de máquinas. El doctor Stone solo piensa en arqueología».

«¿Está ahora en el túmulo?», preguntó Griselda.

La señorita Cram negó con la cabeza. «No se encuentra muy bien esta mañana. Pero dígame, señor Clement, ¿qué piensa la policía sobre el asesinato?».

«Bueno», dije, «la situación es un poco incierta».

—¡Ah! Entonces no creen que Lawrence Redding lo haya hecho. Es tan guapo, ¿verdad? Como una estrella de cine. No me lo podía creer cuando oí que la policía lo había detenido. Son muy estúpidos, ¿verdad?

—El señor Redding se presentó y confesó —dije.
«¿Por qué? ¿Por qué mató a Protheroe?».
«No es seguro que lo matara él».
«Pero, ¿por qué diría que lo hizo si no fue así?».
No se me ocurrió ninguna respuesta.
«Bueno», dijo levantándose, «supongo que debo irme».
Y, tras darme las gracias y despedirse, se marchó.

Así que le conté a Griselda todo lo que había sucedido esa mañana y luego llamé a Mary. Cuando entró, le pregunté: «Mary, ¿estás segura de que no oíste el disparo ayer por la tarde?».

«¿El disparo que mató al viejo Protheroe? No, claro que no. Si lo hubiera oído, habría entrado a ver qué había pasado».

«Sí, pero ¿oíste algún otro disparo, quizá uno en el bosque?».

«¡Ah! Eso». Mary hizo una pausa. «Solo uno. Era un ruido extraño».

«¿A qué hora lo oíste?».

«No lo sé».

«¿Fue mucho antes de que llegara el señor Redding?».

—No. Diez minutos, un cuarto de hora, no más.

Asentí con la cabeza.

«¿Eso es todo?», dijo Mary. «Porque probablemente se estén quemando las patatas».

«Sí, puedes irte». Ella salió de la habitación y yo me volví hacia Griselda. «¿No crees que sería buena idea enseñar a Mary a cocinar?».

«No. Si aprendiera a cocinar, se iría para ganar más dinero. Mientras Mary no sepa cocinar, estamos a salvo, porque nadie más la querría. Además —continuó Griselda—, debes perdonarla por no preocuparse por la muerte del coronel Protheroe. Porque él envió a su novio a la cárcel».

«¿Por qué?».

«Por caza furtiva. Ya sabes, ese hombre, Archer. Mary lleva dos años con él».

«No lo sabía».

«Querido Len, nunca sabes nada».

«Es extraño», dije, «que todo el mundo diga que el disparo vino del bosque».

«No es extraño en absoluto», dijo Griselda. «A menudo se oyen disparos en el bosque. Así que, cuando oyes un disparo, naturalmente piensas que viene de allí».

La puerta se abrió de nuevo. «Ha vuelto el coronel Melchett», dijo Mary. «Y ese inspector de policía. Están en el estudio».

CAPÍTULO XI

En cuanto entré, Melchett dijo: «El inspector Slack no cree que Redding sea inocente».

«Si no lo hizo, ¿por qué dijo que lo había hecho?», dijo Slack. «Pero la señora Protheroe hizo exactamente lo mismo».

«Eso es diferente. Ella es una mujer, y las mujeres actúan de esa manera tan tonta. Ella oyó que él había confesado, así que se inventó una historia. Pero Redding es un hombre. Y si él dice que lo hizo, entonces lo hizo».

La señorita Marple los vio a él y a la señora Protheroe salir del taller poco después de las seis y media. El doctor Stone se reunió con ellos y caminaron juntos hasta el pueblo. La señora Protheroe entró entonces en la casa de la señorita Hartnell para pedirle prestada una revista de jardinería. La señorita Hartnell dice que se quedó allí hasta las siete, y Redding se fue con Stone al Blue Boar a tomar una copa. Luego volvió a la vicaría y preguntó por el vicario en la puerta principal. Mary le dijo que el coronel Protheroe estaba allí, así que entró y le disparó, ¡tal y como él dijo que había hecho!».

Melchett negó con la cabeza. «Pero el médico dice que Protheroe recibió el disparo antes de las seis y media».

«¡Oh, los médicos, qué sabrán ellos!», respondió Slack.

«Pero yo toqué el cuerpo y estaba frío», dije.

«¿Y por qué debería creerte?», dijo Slack. «Si no me dijiste la verdad sobre tu reloj».

«Intenté decírtelo varias veces», dije. «Y te negaste a escucharme».

«Tonterías. Y, de todos modos, ¿por qué adelantas tu reloj un cuarto de hora?».

«Se supone», dije, «que me ayuda a ser puntual».

—Inspector —dijo el coronel Melchett—. Lo que queremos es la verdadera historia tanto de la señora Protheroe como del señor Redding. Le he pedido al doctor Haydock que traiga a la señora Protheroe aquí. Pero creo que primero deberíamos ver a Redding.

—Llamaré a la comisaría —dijo Slack— y luego nos pondremos a trabajar en esta habitación.

Decidí dejarlos y encontré a mi esposa y a la señorita Marple en la sala de estar.

—Ojalá pudiera resolver el crimen, señorita Marple —dijo Griselda—. Como hizo cuando desapareció la bolsa de cebollas de la señorita Wetherby. Y todo porque le recordó algo muy diferente, algo relacionado con una bolsa de leña para el fuego.

«Se está riendo de mí», dijo la señorita Marple, «pero esa es una forma muy buena de descubrir la verdad. Es lo que la gente llama intuición. La intuición es como leer una palabra sin tener que deletrearla. Conoces la palabra porque la has visto muchas veces antes. ¿Lo entiende, vicario?».

«Sí», dije. «Si una cosa te recuerda a otra, probablemente sea del mismo tipo».

«Exactamente».

«¿Y qué le recuerda el asesinato del coronel Protheroe?».

La señorita Marple suspiró. «Muchas cosas. Por ejemplo, estaba el mayor Hargreaves, un respetado mayordomo de iglesia. ¡Y todo ese tiempo tenía una segunda familia: una antigua sirvienta y cinco hijos! Qué terrible golpe para su esposa y su hija».

«Me gustaría que me dijera», le dije, «quiénes son sus siete sospechosos».

«Oh, pero no debo mencionar nombres. Seguro que usted mismo puede pensar en ellos».

«No puedo. Está Lettice Protheroe, supongo, porque probablemente reciba dinero tras la muerte de su padre. Pero no se me ocurre nadie más».

«No creo que hayan sido Lawrence, Anne o Lettice», dijo Griselda. «Debe de haber alguna pista que nos ayude».

—Está la nota, por supuesto —dijo la señorita Marple.

«Parece fijar la hora exacta de su muerte», dije. «Y, sin embargo, ¿es eso posible? La señora Protheroe acabaría de salir del taller. No habría tenido tiempo de llegar al taller».

«¿Qué opina, señorita Marple?», preguntó Griselda.

—No estaba pensando en la hora que figura en la carta. Lo que me parece extraño es lo que dice.

«No lo entiendo», dije. «El coronel Protheroe solo escribió que no podía esperar más».

—¿A las seis y veinte? —dijo la señorita Marple—. Mary le había dicho que usted no llegaría hasta las seis y media, y él estaba dispuesto a esperar hasta entonces. Y, sin embargo, a las seis y veinte se sienta y dice que «no puede esperar más».

Miré a la anciana y sentí un mayor respeto por su inteligencia.

«Imagina», dije, «que alrededor de las 6:30 el coronel Protheroe se sentó a escribir que no podía esperar más. Y mientras escribía, alguien entró por las puertas del jardín, se acercó por detrás al coronel y le disparó. Entonces vio la nota y el reloj, escribió las seis y veinte en la parte superior de la carta y cambió la hora del reloj a las seis y veintidós. Pensó que eso le proporcionaba una coartada perfecta».

«Entonces se oyó ese disparo», dijo la señorita Marple. «Sí, el sonido era diferente al de un disparo normal».

«¿Más fuerte?», sugerí.

No, la señorita Marple no creía que hubiera sido más fuerte, solo diferente. Luego se levantó y dijo que tenía que irse a casa.

CAPÍTULO DOCE

Cuando llegó Lawrence Redding, me llamaron al estudio. «Queremos hacerle algunas preguntas, aquí donde ocurrió», dijo el coronel Melchett. «¿Sabía que otra persona también ha confesado el asesinato que usted dice haber cometido?». El efecto de estas palabras en Lawrence fue inmediato. «¿Otra persona? ¿Quién, quién?».

—La señora Protheroe —dijo el coronel Melchett.

«Tonterías. Es imposible».

—Bueno, nosotros tampoco creemos su historia —dijo Melchett—. Y el doctor Haydock está seguro de que el asesinato no pudo haberse cometido en el momento en que usted dice que lo hizo. Así que, ¿por qué no nos dice la verdad?

«He sido un tonto», dijo Lawrence. «¿Cómo pude pensar ni por un momento que Anne lo había hecho? La vi en el taller esa tarde...». Hizo una pausa.

«Sabemos todo eso», dijo Melchett.

—Bien. Bueno, después de que el vicario nos viera allí, le prometí que me iría del pueblo. Así que me reuní con la señora Protheroe esa tarde a las seis y cuarto y le comuniqué mi decisión. Luego salimos del taller, nos encontramos con el doctor Stone y me fui con él al Blue Boar a tomar una copa. Estaba alterado y, de repente, decidí ir a ver al vicario.

En la puerta principal me dijeron que había salido, pero que el coronel Protheroe estaba en el estudio esperándolo. Así que dije que yo también esperaría». Se detuvo.

«¿Y bien?», dijo el coronel Melchett.

«Protheroe estaba sentado en el escritorio. Estaba muerto. Entonces vi la pistola tirada en el suelo junto a él. La recogí y reconocí que era mi pistola. Pensé que Anne debía de haberla cogido con la intención de pegarse un tiro porque estaba muy triste. Pensé que después de separarnos en el pueblo, ella debía de haber vuelto aquí y... así que me guardé la pistola en el bolsillo y me fui. Justo al salir por la puerta, me encontré con el vicario. Me dijo algo agradable y normal sobre ver a Protheroe, y yo empecé a gritar. Luego caminé y caminé. Y pensé que si Anne había hecho esa cosa horrible, yo era responsable, así que fui y me confesé».

El coronel dijo: «¿Tocaste el cuerpo?».

«No. Pude ver que estaba muerto sin tocarlo».

«¿Vio una nota en el escritorio?».

«No».

«¿Tocaste el reloj?».

«No. Recuerdo que había un reloj allí, pero no lo toqué».

«¿Cuándo vio por última vez su pistola?».

Lawrence Redding pensó. «No estoy seguro».

«¿Dónde la guardas?».

«En una estantería de mi casa de campo».

«¿Quién ha estado en su casa de campo últimamente?».

«¡Oh! Mucha gente. Anteayer di una merienda. Lettice Protheroe, Dennis y todos sus amigos. Y luego algunas ancianas que vienen a menudo».

«¿Cierra con llave la casa cuando sale?».

«No. Aquí nadie cierra con llave su casa».

«¿Quién limpia tu casa de campo?».

«La anciana señora Archer viene todas las mañanas».

«¿Recordaría cuándo vio la pistola por última vez?».

«No lo sé».

«Entonces, casi cualquiera podría haberla cogido».

Se abrió la puerta y entró el doctor Haydock con Anne Protheroe.

«Perdóname, Anne», dijo Lawrence. «Fue horrible por mi parte pensar que podrías haber matado...».

Se volvió hacia el coronel Melchett. —¿Es cierto lo que me ha dicho el doctor Haydock?

«¿Que el señor Redding ya no es sospechoso? Sí. ¿Y qué hay de su historia, señora Protheroe?».

—Supongo que pensará que fui una tonta.

—Bueno, olvidémonos de eso. Lo que quiero ahora es la verdad. Ella asintió. —Había quedado con Lawrence esa tarde en el taller. A las seis y cuarto. Mi marido, el e , y yo fuimos juntos en coche al pueblo. Él dijo que iba a ver al vicario. Me preocupaba bastante encontrarme con Lawrence en el jardín mientras mi marido estaba dentro de la vicaría.

Pero pensé que quizá mi marido no se quedaría mucho tiempo. Para averiguarlo, fui por el camino trasero hasta el estudio. Esperaba que nadie me viera, pero, por supuesto, ¡la señorita Marple estaba en su jardín! Me detuvo y le expliqué que iba a reunirme con mi marido. Luego fui directamente al taller y miré por la ventana. La habitación estaba vacía. Así que me apresuré a bajar al taller, donde Lawrence se reunió conmigo».

—¿Dice que la habitación estaba vacía, señora Protheroe?

«Sí».

«Muy extraño».

El inspector Slack le susurró algo al jefe de policía, quien asintió con la cabeza. «¿Le importaría, señora Protheroe, mostrarnos exactamente lo que hizo?». El inspector Slack abrió las puertas de cristal y ella salió y rodeó la casa por la izquierda. Luego me dijo que fuera y me sentara en el escritorio. Mientras estaba allí sentada, oí pasos fuera, que se detuvieron un momento y luego se alejaron. El inspector Slack me dijo que volviera al otro lado de la habitación. La señora Protheroe regresó por la puerta de cristal.

«¿Es eso exactamente lo que hizo?», le preguntó el coronel Melchett.

«Sí».

«Entonces, ¿puede decirnos dónde estaba el vicario en la habitación?», preguntó el inspector Slack.

«Pero yo no lo vi».

El inspector Slack asintió con la cabeza. «Estaba a la vuelta de la esquina, en el escritorio. Y por eso no vio a su marido».

—¡Oh! ¿Estaba sentado allí cuando lo mataron?

—Sí, señora Protheroe. Así es. ¿Sabía usted que el señor Redding tenía una pistola?

—Sí.

«¿Sabía dónde la guardaba?».

—Creo que la vi en una estantería de su casa de campo.

«¿Cuándo fue la última vez que estuvo en la cabaña, señora Protheroe?».

—Hace unas tres semanas. El señor Redding solía venir a la mansión. Estaba pintando un retrato de Lettice. Nosotros... a menudo nos reuníamos en el bosque después.

El coronel Melchett asintió con la cabeza.

«Es horrible tener que contarle estas cosas», exclamó ella. «Y no hicimos nada malo. Solo éramos amigos. Eso era todo».

«Gracias, señora Protheroe, por responder a mis preguntas», dijo él.

—Entonces... ¿puedo irme?

«Sí».

Así que ella, Haydock y Lawrence Redding se marcharon. El coronel Melchett se quedó, junto con Slack, que estaba mirando la nota. Fue entonces cuando le conté la teoría de la señorita Marple.

«Oh», dijo Slack, «creo que la anciana tiene razón. ¡Mire, la hora está escrita con tinta azul!».

Todos estábamos bastante emocionados.

—Habrá examinado la nota en busca de huellas dactilares, por supuesto —dijo Melchett.

«Por supuesto. No hay huellas dactilares en la nota. Las huellas dactilares de la pistola son de Lawrence Redding».

—¿Quién vive en la otra casa de al lado? —preguntó de repente el coronel.

—La señora Price Ridley.

«Iremos a verla. Quizá sepa algo».

Cuando salimos de la vicaría, Dennis vino corriendo hacia nosotros. «¿Qué hay de la huella que encontré?», le dijo al inspector.

«Era del jardinero», respondió el inspector Slack.

«¿No cree que podría ser de otra persona que llevara las botas del jardinero?».

«¡No, no lo creo!».

«No va a arrestar al tío Len, ¿verdad?», preguntó Dennis.

«¿Por qué iba a hacerlo?», preguntó Slack.

«Porque justo el día antes del crimen dijo que quienquiera que asesinara al coronel Protheroe estaría haciendo un favor al mundo».

—¡Ah! —dijo el inspector Slack—. Eso explica algo que dijo Mary cuando hablé con ella. Vamos, Clement.

«¿Adónde vais? ¿Puedo ir yo también?», preguntó Dennis.

«No, no puedes», le respondí. Lo dejamos mirándonos con expresión dolida.

Nos dirigimos a la pulcra puerta principal de la casa de la señora Price Ridley y el inspector llamó al timbre. Una guapa criada abrió la puerta.

«¿Está la señora Price Ridley?», preguntó Melchett.

«No, señor. Ha ido a la comisaría».

Mientras nos marchábamos, Melchett dijo: «Si también ha ido a confesar el asesinato, me volveré loco».

CAPÍTULO TRECE

Descubrimos a la señora Price Ridley hablando muy rápido con un paciente policía.

Se detuvo al vernos. «¡Ah! Me alegro de que hayan tomado medidas después de lo que pasó. ¡Fue espantoso!».

«Bueno, ¿tiene algo que contarnos al respecto?», preguntó Melchett.

«Es su trabajo decírmelo a mí».

«Hacemos todo lo posible, señora Price Ridley», dijo el jefe de policía.

«¡Pero este hombre ni siquiera se había enterado hasta que yo se lo conté!», exclamó ella. Todos miramos al policía. «La señora recibió una llamada telefónica», dijo él. «Se utilizó un lenguaje soez».

«¡Ah, ya veo!», dijo el coronel Melchett. «Ha venido aquí para presentar una denuncia».

La señora Price Ridley volvió a hablar. —¡Me llamaron por teléfono a mi propia casa y me insultaron!

«¿Cuándo?».

—Ayer por la tarde. Sobre las seis y media. Y me amenazaron...

«¿Con qué la amenazaron?».

—No lo recuerdo.

«¿Era la voz de un hombre o de una mujer?».

«Era una voz desagradable», dijo la señora Price Ridley. «A veces grave, a veces aguda. Una voz muy extraña».

«Probablemente fuera una broma», dijo el coronel. «Pero ¿puede decirme exactamente qué le dijeron?».

La señora Price Ridley lo pensó. «¿Promete no contárselo a nadie fuera de esta habitación?».

«Por supuesto».

«Bueno, esta persona comenzó diciendo: «¡Eres una anciana muy desagradable que dice mentiras!». ¡A mí, coronel Melchett! «Y ahora la policía te persigue»».

«Por supuesto, usted se enfadó», dijo Melchett, tratando de no sonreír.

««A menos que te calles, te irá muy mal». Yo respondí: «¿Quién eres?», y la voz contestó: «El vengador». Di un pequeño grito. ¡Y la persona se rió! Luego colgó el teléfono. Pensé que me iba a desmayar. Así que cuando oí un disparo en el bosque, yo...».

«¿Un disparo en el bosque?», preguntó el inspector Slack.

«Sí. Como de un arma muy grande. Tuve que tumbarme en el sofá».

«Impactante», dijo Melchett. «¿Y el disparo fue fuerte? ¿Como si estuviera cerca?».

«Quizá porque estaba alterada».

«¿A qué hora fue eso?».

—Sobre las seis y media.

«Bueno», dijo Melchett. «Veremos qué podemos averiguar».

«Considere la llamada como una broma y no se preocupe, señora Price Ridley», le dije.

Ella me miró con frialdad. Era evidente que seguía enfadada por el billete de una libra que había desaparecido. Y, sacudiendo la cabeza, se marchó.

«Así que hay tres personas que oyeron el disparo», dijo el inspector Slack. «Ahora tenemos que averiguar quién lo disparó. Pero primero voy a investigar esa llamada telefónica».

—¿La de la señora Price Ridley?

El inspector sonrió. «No. Me refiero a la llamada que le sacó de la vicaría. Y lo siguiente es averiguar qué hacía cada uno esa tarde entre las seis y las siete. Empezaremos por usted, señor Clement».

—Ah. Bueno, la llamada telefónica fue sobre las cinco y media.

«¿Era la voz de un hombre o de una mujer?».

—De mujer, creo. Pero pensé que era la señora Abbott quien hablaba.

«¿Y salió inmediatamente? ¿Cuánto tiempo tardó?».

«Son casi dos millas. Así que...».

«¿Y dónde estaba la señora Clement?».

«Estaba en Londres. Regresó en el tren de las 6:50».

«Bien. Con esto terminamos con la vicaría. Ahora iré a Old Hall. Y luego quiero hablar con la señora Lestrange. ¿Por qué fue a ver a Protheroe la noche antes de que lo mataran?».

CAPÍTULO CATORCE

De camino a casa, el doctor Haydock detuvo su coche junto al mío justo delante de su casa. «He llevado a la señora Protheroe a casa», me dijo. «Entra un momento».

Y así lo hice. Cuando nos sentamos, le dije que ahora sabíamos la hora del disparo.

«Eso descarta a Anne Protheroe», dijo. «Bueno, me alegro de que no sea ninguno de los dos. Me caen bien los dos».

Le creí, pero me pregunté por qué ahora parecía tan triste. Esa mañana parecía un hombre libre de preocupaciones. De repente, dijo: «Quería hablarle de su coadjutor, Hawes. Con todo este lío se me había olvidado».

«¿Está enfermo?».

«No exactamente. Sabes, por supuesto, que ha tenido la enfermedad del sueño, ¿no?».

«No», respondí. «No lo sabía. ¿Cuándo la contrajo?».

«Hace aproximadamente un año. Se recuperó. Pero es una enfermedad extraña: puede cambiar por completo el carácter de quien la padece».

«Haydock —dije—, si supieras que alguien es un asesino, ¿se lo dirías a la policía o guardarías silencio?».

Se volvió hacia mí enfadado. «¿Por qué me preguntas eso?».

«Bueno, como médico, si de alguna manera descubrieras la verdad, me preguntaba qué harías, eso es todo».

Su enfado desapareció. «Espero cumplir con mi deber, Clement».

«Pero, ¿cuál de esas opciones crees que sería tu deber?».

Me miró. «Cada uno debe decidir por sí mismo».

«Bueno, tengo que irme», dije. «Ya llego tarde para el almuerzo».

Cuando llegué, mi familia me pidió que les contara con detalle las actividades de la mañana. Pero entonces entró Mary: «El señor Hawes quiere verle. Le he hecho pasar al salón». Luego me entregó una nota. La abrí y leí:

Estimado señor Clement:
Le agradecería mucho que viniera a verme esta tarde. Tengo un gran problema y me gustaría contar con su consejo.
Atentamente,
Estelle Lestrange.

CAPÍTULO QUINCE

Hawes temblaba por todo el cuerpo. Le dije que debería estar en cama, pero él respondió que se encontraba perfectamente bien. —He venido a decirle lo mucho que lamento la muerte que se ha producido en la vicaría. Pero no habrán arrestado al señor Redding, ¿verdad?

«No», respondí. «Todo fue un error».

«¿Por qué? ¿La policía sospecha de otra persona? El coronel Protheroe no era un hombre muy querido. ¡Pero un asesinato! Para cometer un asesinato se necesitaría una razón muy poderosa».

—Supongo que sí.

«¿Le ha contado a la policía lo de ese tal Archer que amenazaba a Protheroe?».

«No», respondí. «No se lo he dicho».

«Ayer oí por casualidad a Protheroe contártelo. Así que espero que lo hagas».

Me quedé en silencio. Archer es un cazador furtivo, pero simpático y alegre. Probablemente estaba muy enfadado por haber sido enviado a prisión, pero cambiaría de opinión cuando saliera.

«Si disparó al coronel Protheroe...».

«¡Si! No hay ninguna prueba de que lo haya hecho».

«No le entiendo, señor».

«No lo entiendes», le dije. «Pero eres joven. Cuando llegues a mi edad, descubrirás que te gusta pensar lo mejor de las personas».

«Solo me preguntaba... si el coronel Protheroe le había contado algo...».

«Nada que usted no haya oído».

Hawes estaba nervioso y se comportaba de forma extraña. Recordé lo que el doctor Haydock había dicho sobre su enfermedad y supuse que eso lo explicaba. Se marchó a regañadientes, como si tuviera más que decir, pero no supiera cómo decirlo. Y entonces yo también me marché para ir a ver a la señora Lestrange.

En la sala de estar, la señora Lestrange se levantó para recibirme. Había algo apagado en su rostro. Solo sus ojos estaban vivos. Había una mirada vigilante en ellos. Nos sentamos.

—Ha sido muy amable al venir, señor Clement. El otro día quería hablar con usted. Luego decidí no hacerlo. Me equivoqué. Me encuentro en una situación muy extraña, señor Clement, y quiero pedirle consejo sobre lo que debo hacer ahora. Lo pasado, pasado está y no se puede deshacer. ¿Lo entiende?

Antes de que pudiera responder, entró la criada. «Hay un inspector de policía aquí y dice que debe verla». La señora Lestrange dijo con calma: «Hazle pasar, Hilda».

Slack entró con paso firme. «Buenas tardes, señora». Entonces me vio y frunció el ceño. La señora Lestrange no se dio por aludida. «¿En qué puedo ayudarle, inspector?».

«El asesinato del coronel Protheroe. Estoy preguntando a todo el mundo dónde estaban ayer por la tarde entre las seis y las siete».

«Yo estaba aquí. En esta casa».

«¡Ah! ¿Y su criada también estaba aquí?».

—No, Hilda tenía la tarde libre. Así que tendrá que confiar en mí —dijo la señora Lestrange, sonriendo.

«¿Estuvo en casa toda la tarde?».

«Usted ha dicho entre las seis y las siete, inspector. Salí a dar un paseo antes. Volví poco antes de las cinco».

«Entonces, si una señora, quizá la señorita Hartnell, dijera que vino aquí sobre las seis, llamó al timbre, pero no obtuvo respuesta, ¿diría usted que se equivocó?».

—Oh, no. Si su criada está en casa, puede decir que usted no está. Si está sola y no quiere recibir visitas, lo único que puede hacer es dejar que llamen al timbre.

El inspector Slack parecía confundido.

«La señorita Hartnell es muy aburrida», dijo la señora Lestrange. «Llamó al menos seis veces antes de irse».

«Así que si alguien dijera que te vio fuera de casa entonces...».

«¡Oh! Pero no lo hicieron, ¿verdad? Porque yo estaba en casa, como puede ver».

«Exactamente, señora». El inspector acercó un poco más su silla. «Tengo entendido que visitó al coronel Protheroe la noche antes de su muerte».

—Sí.

«¿Puede decirme de qué hablaron?».

«Era algo privado».

«Me temo que debo pedirle que me lo cuente, sea privado o no».

«Pero no se lo diré. Solo diré que nada de lo que se discutió tenía que ver con el crimen».

«No creo que usted sea el más indicado para juzgarlo».

«Entonces tendrá que confiar en mí, inspector».

El rostro del inspector Slack se sonrojó de repente. «Este es un asunto serio, señora Lestrange. Quiero saber la verdad...». Golpeó la mesa con la mano.

La señora Lestrange no dijo nada.

«¿Conocía bien al coronel Protheroe?».

Hubo una pausa antes de que ella respondiera: «No lo había visto desde hacía varios años».

«Era un momento poco habitual para visitarlo».

«No, no lo fue. Quería verle a solas».

«¿Por qué no quería ver a la señora o a la señorita Protheroe?».

«Eso, inspector, es asunto mío».

El inspector Slack se levantó. «Buenas tardes, señora. Pero recuerde que vamos a descubrir la verdad».

Cuando se marchó, la señora Lestrange también se levantó y me tendió la mano. «Voy a despedirte. Ya es demasiado tarde para dar consejos». Luego se dio la vuelta. «Sé lo que tengo que hacer».

CAPÍTULO DIECISÉIS

Había quedado en visitar a la señora Protheroe para hablar de los preparativos del funeral, así que me dirigí a Old Hall.

Cuando terminamos, me despedí y tomé el camino privado hacia la vicaría. Tenía un plan. Cuando encontré un lugar donde las plantas junto al camino parecían como si alguien hubiera pisado sobre ellas, me salí del camino y me abrí paso a la fuerza. Pero de repente oí a alguien moviéndose muy cerca de mí. Cuando me detuve, apareció Lawrence Redding, llevando una gran piedra.

Debí de poner cara de sorpresa, porque se echó a reír. «No», dijo, «no es una pista, es un regalo».

«¿Qué?

«Quería una excusa para visitar a la señorita Marple. Y he oído que le encantan las piedras antiguas para su jardín japonés».

«Es cierto», dije. «Pero ¿por qué quieres verla?».

«Bueno, si ayer por la noche pasó algo, la señorita Marple lo vio. Clement, voy a resolver este crimen. Por el bien de Anne». Hizo una pausa y luego dijo: «¿Qué hace en el bosque, vicario?». No supe qué decir.

«Tenemos la misma idea, ¿no?», sonrió. «¿Cómo llegó el asesino al estudio? Primera posibilidad: por la carretera y a través de la verja. Segunda posibilidad: por la puerta principal. Tercera posibilidad: ¿hay una tercera posibilidad? Mi idea era ver si alguno de los arbustos cerca del muro del jardín de la vicaría estaba roto».

«Esa era precisamente mi idea», admití.

«Pero de repente pensé que me gustaría ver primero a la señorita Marple».

Así que fuimos juntos a su casa. Ella estaba trabajando en el jardín y estaba muy contenta con la piedra. «Es usted muy amable, señor Redding».

Entonces Lawrence le hizo su pregunta más importante. Pero la señorita Marple estaba segura de que no había visto a nadie en la carretera cuando él y Anne estaban en el taller.

«¿Vio a alguien pasar por el sendero que lleva al bosque esa tarde?», le pregunté. «¿O venir de allí?».

—Oh, sí. El doctor Stone y la señorita Cram. Es el camino más rápido para llegar al túmulo. Eso fue justo después de las dos. Y el doctor Stone regresó por ese camino, como usted sabe, señor Redding, porque se unió a usted y a la señora Protheroe.

—Y ese disparo —dije—. El que usted oyó, señorita Marple. El señor Redding y la señora Protheroe también debieron de oírlo.

—Sí —dijo Lawrence—. Creo que oí algunos disparos.

—Yo solo oí uno —dijo la señorita Marple.

—No lo recuerdo muy bien —dijo Lawrence—. Solo podía pensar en Anne...

La señorita Marple cambió de tema. —El inspector Slack me preguntó si oí el disparo después de que el señor Redding y la señora Protheroe salieran del taller o antes. Creo que fue después.

—Entonces no pudo haber sido el doctor Stone —dijo Lawrence.

—Aunque nadie ha pensado nunca que él disparara a Protheroe.

—¡Ah! —dijo la señorita Marple—. Pero siempre me parece prudente sospechar un poco de todo el mundo.

—Bueno, entonces —dijo Lawrence—. ¿Se le ocurre alguna razón por la que la señora Lestrange visitara a Protheroe después de cenar el miércoles por la noche?

—No, pero supongo que alguien oyó algo. Quizá usted, señor Redding, pueda averiguarlo. Las sirvientas odian hablar con la policía. Pero a un joven apuesto, estoy segura de que se lo contarían enseguida.

—Iré a intentarlo esta noche —dijo Lawrence—. Pero primero, el vicario y yo tenemos una pequeña tarea que hacer. Así que nos despedimos de la señorita Marple y volvimos al bosque.

Subimos por el sendero hasta llegar a un nuevo lugar donde parecía que alguien se había desviado del camino por la derecha. Giramos y caminamos por allí, pero al poco rato ya no había más arbustos rotos. Así que volvimos al sendero y seguimos un poco más. De nuevo, llegamos a un lugar donde los arbustos parecían rotos. Esta vez fuimos hacia la vicaría y finalmente llegamos al lugar donde los arbustos crecían junto a la pared.

De repente, se oyó el sonido de madera rompiéndose. Empujé hacia adelante y me encontré cara a cara con el inspector Slack.

«Así que son ustedes», dijo. «¿Qué hacen aquí?». Un poco avergonzados, le explicamos.

«Exactamente», dijo el inspector. «Yo tuve la misma idea. ¿Quieren saber algo?».

«Sí», respondí.

«¡Quienquiera que haya asesinado al coronel Protheroe no vino por aquí! No hay señales de que nadie haya trepado por este muro. Quienquiera que haya disparado al coronel entró por la puerta principal. No hay otra forma en que pudiera haber entrado».

«Imposible», exclamé.

«¿Por qué imposible?», dijo él. «Tu puerta está abierta. Cualquiera puede entrar. Saben que estás fuera. Saben que la señora Clement está en Londres. Saben que Dennis está en una fiesta de tenis. Y no necesitan atravesar el pueblo. Justo enfrente de la puerta de la vicaría hay un sendero público. Sí, esa es la forma en que entró la persona».

Y realmente parecía que tenía razón.

CAPÍTULO DIECISIETE

El inspector Slack vino a verme a la mañana siguiente. «Bueno, señor», dijo. «He averiguado algo sobre la llamada telefónica que recibió».

«¿Y?

«Es bastante extraño. La llamada se realizó desde la North Lodge de Old Hall. El lugar está vacío, pero había una ventana abierta. No había huellas dactilares en el teléfono porque lo habían limpiado. Eso nos da una pista».

«¿Qué?

«Demuestra que la llamada se hizo deliberadamente para sacarlo de la casa. Por lo tanto, el asesinato fue planeado. Si la llamada hubiera sido solo una broma, las huellas no se habrían limpiado con tanto cuidado».

—Entiendo.

«Y he descubierto algo más. ¿Recuerdas la queja de la señora Price Ridley sobre la llamada que recibió en su casa?».

«¿Sí?

«Bueno, la rastreamos, ¿y sabes de dónde procedía? ¡De la casa de campo del señor Lawrence Redding!».

«¿Qué?», dije.

«Pero no fue el señor Redding quien hizo la llamada. A esa hora, las 6:30, estaba de camino al Blue Boar con el doctor Stone. Así que alguien entró en la casa de campo vacía y utilizó el teléfono. Son dos llamadas extrañas en un solo día, y apuesto a que las hizo la misma persona».

«¿Por qué?

«Bueno, primero la pistola del señor Redding. Luego su teléfono. Alguien está intentando hacerle parecer culpable».

«Entonces, ¿por qué la primera llamada no se hizo desde su cabaña?», pregunté.

«Ah, ¿qué hacía el señor Redding casi todas las tardes? Iba a Old Hall y pintaba el retrato de la señorita Protheroe. Y desde su cabaña pasaba por la puerta norte. Ahora ya ves por qué la llamada se hizo desde allí».

Lo pensé un momento. «¿Había huellas dactilares en el teléfono del señor Redding?».

«No», respondió el inspector con enfado. «La anciana que le limpia la casa las borró ayer por la mañana. Pero si ese disparo no hubiera ocurrido justo al final de la llamada, sabría dónde buscar».

«¿Dónde?».

«Bueno, ¿qué hay de la señora que visitó al coronel Protheroe la noche antes del asesinato?».

«¡La señora Lestrange!», exclamé.

«Sí», dijo el inspector. «Supongamos que la señora Lestrange había chantajeado con éxito a Protheroe en el pasado. Entonces, años más tarde, se entera de que él vive en este pueblo, así que viene aquí e intenta volver a hacerlo. Pero quizá esta vez él le dice que irá a la policía. Así que ella lo mata».

Yo dije: «Inspector, la señora Lestrange no es el tipo de persona que chantajea a alguien. Ella es... bueno, es una dama».

«Bueno, señor, usted es vicario», dijo. «Así que no sabe mucho del mundo. ¡Lady, claro! Esa mujer podría clavarle un cuchillo sin sentir nada».

Curiosamente, podía imaginar a la señora Lestrange haciendo eso, pero no chantajeando.

«Pero, por supuesto, no puede haber llamado por teléfono a la señora Price Ridley y disparado al coronel Protheroe exactamente al mismo tiempo», continuó. Entonces, de repente, gritó: «¡Ya lo tengo! Esa llamada telefónica era una coartada. Sabía que la relacionaríamos con la primera, así que pagó a un chico del pueblo para que hiciera la llamada por ella. Y voy a averiguar quién fue».

El inspector se marchó apresuradamente.

—La señorita Marple quiere verle —dijo Griselda, apareciendo en la puerta—. Ha enviado una nota muy extraña.

Por alguna razón, no puede salir de su casa. Vaya a averiguar por qué.

Encontré a la señorita Marple muy nerviosa. «Mi sobrino, Raymond West, viene hoy aquí», me explicó. «Escribe libros muy inteligentes, aunque en la vida real la gente no es tan desagradable como los personajes que crea. Los jóvenes inteligentes saben muy poco de la vida».

«¿Había algo por lo que quería verme?», le pregunté.

«¡Oh! Por supuesto. Se me había olvidado. Sí. Se trata de algo extraño que ocurrió anoche. No podía dormir porque no dejaba de pensar en el coronel Protheroe, así que me levanté y miré por la ventana. ¿Y qué cree que vi?».

«No lo sé».

«A Gladys Cram», dijo la señorita Marple. «Entrando en el bosque con una maleta».

«¿Una maleta?».

«Sí. ¿Por qué llevaría una maleta al bosque a las doce de la noche? No creo que tenga nada que ver con el asesinato. Pero es algo extraño. Y ahora mismo todos debemos prestar atención a las cosas extrañas».

«¿Quizás iba a dormir en el túmulo?», sugerí.

«No lo hizo», dijo la señorita Marple. «Porque poco después regresó y no llevaba la maleta consigo».

CAPÍTULO DIECIOCHO

La investigación sobre la muerte del coronel Protheroe se celebró ese mismo sábado por la tarde en el Blue Boar.

Lawrence Redding contó cómo había encontrado el cadáver y admitió que la pistola le pertenecía.

La señora Protheroe dijo que había visto a su marido por última vez alrededor de las seis menos cuarto, cuando se separaron en la calle del pueblo. Ella había ido a la vicaría alrededor de las seis y cuarto y pensó que el estudio estaba vacío. Pero más tarde se dio cuenta de que si su marido hubiera estado sentado en el escritorio, ella no lo habría visto.

A continuación, presté declaración. Conté mi cita con Protheroe y la llamada telefónica en la que me pedían que fuera a la casa de los Abbott. Describí cómo había encontrado el cadáver.

«¿Cuántas personas, señor Clement, sabían que el coronel Protheroe iba a visitarle esa tarde?», preguntó el juez de instrucción.

«Mi esposa lo sabía, y mi sobrino Dennis, y el propio coronel Protheroe lo mencionó esa mañana en el pueblo. Varias personas debieron de oírlo, ya que hablaba muy alto».

El doctor Haydock describió entonces el aspecto del cadáver y las lesiones exactas. En su opinión, el coronel había recibido los disparos aproximadamente entre las 6:20 y las 6:30, y desde luego no más tarde de las 6:35.

El testimonio del inspector Slack fue cuidadoso y breve. Se presentó la carta inacabada y se anotó la hora que figuraba en ella: las 6:20. Y, debido al reloj, se pensó que la hora de la muerte era las 6:22.

A continuación declaró nuestra sirvienta, Mary. Dijo que no había oído nada. El coronel Protheroe había llegado exactamente a las seis y cuarto. Ella oyó el reloj de la iglesia justo después de acompañarlo al estudio. No oyó ningún disparo. Bueno, por supuesto, tuvo que haber un disparo, porque el caballero fue encontrado muerto a tiros, pero ella no lo oyó.

Se pidió a la señora Lestrange que prestara declaración, pero un certificado médico, firmado por el doctor Haydock, indicaba que estaba demasiado enferma para asistir.

La última persona en declarar fue la señora Archer, que limpiaba la casa de campo de Lawrence Redding. Ella reconoció la pistola. La había visto en la sala de estar del señor Redding. La última vez que la había visto fue el día del asesinato, a la hora del almuerzo, cuando se marchó.

Me sorprendió. El inspector me había dicho que ella no estaba segura de la hora cuando la interrogó, pero ahora sí lo estaba.

El veredicto se dictó casi de inmediato: asesinato por persona o personas desconocidas.

Al salir, vi a un grupo de jóvenes con caras brillantes e interesadas esperando fuera. Así que volví directamente al Blue Boar y tuve la suerte de ver al Dr. Stone.

«Periodistas», le dije. «¿Puedo esperar aquí con usted un rato?».

—Por supuesto, señor Clement.

Me condujo arriba, a su salón, donde la señorita Cram estaba trabajando. Ella me dedicó una amplia sonrisa. —Es horrible, ¿verdad? No saber quién lo hizo.

«¿Estaba usted allí?», le pregunté al Dr. Stone.

«No, no me interesan esas cosas. Solo pienso en arqueología».

«Debe de ser muy interesante», dije.

Eso era justo lo que quería oír. Inmediatamente comenzó a explicarme por qué era tan interesante.

El Dr. Stone era un hombre bajito. Tenía la cabeza redonda y calva, y llevaba gafas gruesas. Pronto comenzó a explicar su desacuerdo con el coronel Protheroe.

«Un hombre muy estúpido. Por haber leído unos cuantos libros, creía saber más que un hombre que ha estudiado el tema toda su vida y...».

«Si no tiene cuidado, perderá el tren», le interrumpió Gladys.

—¡Oh! —Miró su reloj—. Es una chica maravillosa, señor Clement. Nunca se olvida de nada. —Entró en la habitación contigua y volvió con una maleta.

«Voy a Londres dos días, a ver a mi madre y a mis abogados. El martes volveré». El doctor Stone intentó marcharse, llevando la maleta, un abrigo grande y una bolsa con libros. Corrí a ayudarle. Y así fuimos juntos a la estación, el doctor Stone con la maleta y yo con el abrigo y los libros.

«¡Dios mío!», exclamó de repente el Dr. Stone. «¡El tren!».

Un tren procedente de Londres estaba parado en la estación y el tren con destino a Londres acababa de llegar. Empezamos a correr y, dentro, nos topamos con un joven muy apuesto. Lo reconocí inmediatamente como el sobrino de la señorita Marple y le pedí disculpas. Pero él no estaba contento. El doctor Stone subió al tren justo antes de que arrancara.

Empecé a caminar de vuelta al pueblo y nuestro farmacéutico local, el señor Cherabim, se unió a mí. «Ha tenido suerte de no perder el tren», dijo. «Pero nunca se puede estar seguro de que vayan a llegar a tiempo. ¡¿Sabes? El jueves pasado, el día del asesinato, había ido a una reunión en Londres. ¡Y el tren de las 6:50 llegó media hora tarde! No llegué a casa hasta las siete y media».

«Qué fastidio», dije. Entonces vi a Lawrence Redding al otro lado de la calle y le dije al señor Cherabim que tenía que hablar con él.

CAPÍTULO DIECINUEVE

«Me alegro mucho de verte», dijo Lawrence. «¿Te gustaría venir a mi casa de campo?».

Subimos por el camino y él sacó una llave del bolsillo. «Ahora mantienes la puerta cerrada con llave», dije.

«Sí. Alguien sabía lo de mi pistola». Abrió la puerta y entré. «Eso significa que el asesino debía de estar dentro de esta casa, quizá incluso haya tomado una copa conmigo».

«No necesariamente», respondí. «Probablemente todo el pueblo sabe dónde guardas tus calcetines». Entonces, de repente, pregunté: «¿Estaba cargada la pistola?».

Lawrence negó con la cabeza. «Pero había una caja de balas junto a ella. A menos que se encuentre al verdadero asesino, seré el sospechoso hasta que muera. Pero déjame contarte lo que pasó anoche».

Siguiendo el consejo de la señorita Marple, había ido a Old Hall y había hablado con la sirvienta, Rose.

«Se trata de la muerte del coronel Protheroe», le había dicho. «Creo que alguien pudo haber visto o escuchado algo, y me preguntaba si usted podría ayudarme».

«¿Sí, señor?»

Me imagino que Lawrence debía de estar muy atractivo, con sus ojos azules brillantes.

«¿Puede decirme algo sobre la señora que llamó para ver al coronel Protheroe la noche antes de su muerte?».

«¿La señora Lestrange?».

—Sí.

«Bueno, Gladdie dijo...».

—¿Gladdie?

«Gladdie es una empleada de cocina».

«¿Y qué ha dicho?».

«¡Oh, nada! Solo estábamos charlando».

Lawrence la miró. «Me pregunto qué quería la señora Lestrange del coronel Protheroe. Rose, si Gladdie escuchó algo, aunque no parezca importante, te estaría muy agradecido».

—Bueno, ella pasaba por delante de la ventana del estudio y el señor estaba allí con la señora. Y, por supuesto, él hablaba muy alto.

«Por supuesto», dijo Lawrence, «no pudo evitar oírlo. ¿Puedo ir a la cocina a hablar con ella?».

«¡Oh, no, señor!», exclamó Rose. «No quiere que nadie más lo sepa».

Al final, se organizó una reunión en el jardín, y allí Lawrence habló con una Gladdie muy nerviosa. «No oí mucho», le dijo ella.

«Lo entiendo».

«Bueno, el señor estaba muy enfadado. «Después de todos estos años», eso es lo que dijo, «te atreves a venir aquí...» Luego dijo: «Me niego. No la verás. No lo permitiré». Parecía que la señora quería decirle algo a la señora Protheroe y él no quería que lo hiciera. Y pensé: «Todos los hombres son iguales. Incluso el coronel Protheroe, un mayordomo de iglesia y...».

«¿Oíste algo más?».

«Dijo: «No lo creo. No creo nada de lo que dice el doctor Haydock»».

«¿Oíste hablar a la señora?».

«Solo al final. Dijo: «Mañana por la noche a estas horas, puede que esté muerto». Así que cuando me enteré del asesinato, le dije a Rose: «¡Ha sido ella!»».

Pensé en el mayordomo de iglesia de la señorita Marple y su segunda familia secreta. ¿Era esta la misma situación? También me pregunté por Haydock. Había evitado que la señora Lestrange testificara en la investigación. Quizás sospechaba que ella era la culpable y estaba tratando de protegerla. Pero algo dentro de mí decía: «¡No puede ser ella!». ¿Por qué? Y entonces otra voz respondió: «Porque es una mujer muy atractiva. Por eso».

CAPÍTULO VEINTE

Cuando volví a la vicaría, Griselda me recibió en el vestíbulo. Tenía lágrimas en los ojos. «Se va».

«¿Quién se va?».

«Mary».

«Bueno», dije, «contrataremos a otra criada».

«Len», dijo Griselda, «¿no te importa?».

No me importaba. De hecho, me sentía bastante feliz al pensar que ya no habría más verduras quemadas ni carne dura.

«Supongo», dije, «que alguien más le ha pedido que trabaje para ellos».

«No», dijo Griselda. «Nadie más la quiere. Pero está triste, así que ve a hablar con ella, por favor». Y me empujó a la cocina antes de que pudiera discutir.

Mary estaba lavando patatas en el fregadero.

«La señora Clement dice que quieres dejarnos», le dije. «¿Me dirás qué te ha entristecido?».

«Nunca había estado en una casa donde hubiera habido un asesinato», dijo Mary. «Y no quiero volver a estarlo nunca más».

«Creo que eso es muy improbable», respondí.

«Bueno, en cualquier caso, el coronel Protheroe envió a muchos pobres desgraciados a la cárcel solo por disparar a un pájaro. Y luego, antes incluso de que lo enterraran, su hija viene aquí y dice que no hago bien mi trabajo».

«¿Quiere decir que la señorita Protheroe vino a esta casa?».

«Sí. La encontré aquí cuando volví de la investigación. Estaba en el estudio. «Estoy buscando mi sombrero amarillo», dijo. «Lo dejé aquí el otro día».

«Bueno», le dije, «no había ningún sombrero aquí cuando limpié la habitación el jueves por la mañana». Y ella respondió: «Pero no espero que lo haya visto. No pasa mucho tiempo limpiando la habitación, ¿verdad?». Y señaló un poco de polvo en la mesa. Así que le dije: «Si el vicario y su esposa están satisfechos, eso es lo único que importa». Y ella se rió y dijo: «¡Oh! ¿Pero lo están?».

«Mary», le dije. «Nos daría mucha pena perderte».

Mary tenía lágrimas en los ojos. «No me gustaría disgustarte a ti ni a la señora Clement».

«Entonces no hay problema», le dije. Salí de la cocina y encontré a Griselda y Dennis esperándome en el vestíbulo.

«Se queda», les dije, y les conté lo que había molestado a Mary.

«Típico de Lettice», dijo Dennis con cariño. «Nunca sabe dónde deja las cosas. En parte, eso es lo que la hace tan atractiva para todo el mundo».

«Lawrence Redding no», dije.

—Pero Lawrence es muy atractivo —dijo Griselda—. Le gustan las chicas tranquilas. Como Anne. No creo que tenga ni idea de que Lettice está interesada en él.

—Pero ella no le quiere —dijo Dennis—. Ni siquiera le gusta. Me lo ha dicho ella misma.

Griselda no respondió. Se volvió hacia mí. —Se me olvidó decírtelo, Len, la señorita Marple nos ha invitado a cenar esta noche para entretener a su sobrino. Le dije que iríamos.

—Por supuesto.

Entré en mi estudio y me acerqué al escritorio. Aquí estaba sentado Protheroe cuando le dispararon. Aquí, donde yo estaba, estaba su enemigo...

Entonces vi un destello azul brillante en el suelo. Me agaché. Junto al escritorio había un pequeño objeto. Lo recogí. Era un pendiente azul, y recordé exactamente dónde lo había visto por última vez.

CAPÍTULO VEINTIUNO

El sobrino de la señorita Marple, Raymond West, se supone que es un escritor maravilloso. Sus libros tratan sobre personas desagradables con vidas muy aburridas.

Se volvió inmediatamente hacia Griselda y, mientras hablaban, la oí decir: «¿Tiene alguna idea sobre el asesinato, señor West?».

«Solo que probablemente se trate de un asesinato muy común, cometido por un cazador furtivo enfadado, muy probablemente».

«Pobre señora Protheroe», dijo la señorita Marple. «Hay tantas cartas que escribir. La señorita Cram va a ir a Old Hall para ayudarla. Este fin de semana está libre porque el doctor Stone no está trabajando en el túmulo».

—¿Stone? —dijo Raymond—. ¿Es ese arqueólogo?

«Sí».

«Lo conocí en una cena hace poco y tuvimos una conversación muy interesante. Tengo que ir a visitarlo».

—Acaba de irse a Londres —dije—. De hecho, nos lo encontramos en la estación esta tarde.

«Pero era un hombrecillo gordito con gafas. Ese no era Stone».

—No lo entiendo —dije.

«¡La maleta, por supuesto!», dijo la señorita Marple. «Me recuerda al hombre que se paseaba por el pueblo fingiendo ser el inspector del gas. Robó muchas cosas de valor».

«Esto sí que es interesante», dijo Raymond West.

«Pero ¿tiene algo que ver con el asesinato?», preguntó Griselda. «Es otra cosa extraña», dijo la señorita Marple.

«Sí», dije. «Y creo que se le debería informar al inspector».

CAPÍTULO VEINTIDÓS

Las órdenes del inspector Slack, cuando hablé con él por teléfono, fueron breves y contundentes. No debíamos decir nada a nadie sobre la maleta. Y la búsqueda comenzaría de inmediato.

Griselda y yo volvimos a casa muy emocionados. Pero pronto Dennis me siguió a mi estudio, con aspecto preocupado.

«¿Qué pasa?», le pregunté.

«No quiero alistarme en la Marina».

Me sorprendió mucho. «Pero te encanta el mar. Es el trabajo que siempre has querido hacer».

«Quiero dedicarme a la banca. Necesito hacerme rico rápidamente. Hay que ser rico para casarse con una chica que espera tener todo lo que quiere».

«Sabes», le dije con suavidad, «no todas las chicas son como Lettice Protheroe».

De repente se enfadó. «No te gusta. A nadie le gusta. ¡Incluso los Napier dicen cosas horribles de ella! Solo porque se marchó un poco antes de su partido de tenis y de la fiesta. Pero estaba aburrida. Y en realidad es muy amable. Yo también quería marcharme, pero ella dijo que no, porque eso molestaría a los Napier. Así que me quedé. Haría cualquier cosa por Lettice».

Pobre chico. Nos despedimos y se fue a la cama.

A la mañana siguiente, durante el desayuno, Griselda me enseñó una nota que acababa de recibir. Era de Anne Protheroe.

Querida Griselda:

¿Podrían venir tú y el vicario a comer hoy? Ha ocurrido algo extraño y me gustaría pedirle consejo al señor Clement.

Con cariño,

Anne Protheroe.

«Por supuesto que debemos ir», dijo Griselda. «Me pregunto qué habrá pasado».

«Bueno», dije, «el funeral es mañana por la mañana. Quizás tenga algo que ver con eso».

En Old Hall, nos llevaron al salón. La señorita Cram estaba allí con Anne Protheroe.

«Vi a un periodista en la investigación», dijo Anne. «Me preguntó si quería encontrar al asesino de mi marido y le dije que sí. Luego me preguntó si sospechaba de alguien y le dije que no. Después me preguntó si creía que la persona que cometió el crimen conocía el pueblo y le dije que sin duda parecía que sí. Y eso fue todo. ¡Y ahora mira esto!». Le mostró un periódico.

En la parte superior se leía:

¡LA VIUVA DICE QUE NO DESCANSARÁ HASTA QUE HAYA ENCONTRADO AL ASESINO DE SU MARIDO!

«No parece propio de mí, ¿verdad?», dijo Anne.

Griselda y yo estuvimos de acuerdo. Luego fuimos al comedor a almorzar, donde se nos unió Lettice.

Después de tomar el café, Anne dijo: «Quiero hablar un momento con el vicario».

La seguí por las escaleras hasta su pequeña sala de estar. Pero, para mi sorpresa, continuó hasta el final del pasillo, subió por una estrecha escalera y entró en una gran habitación oscura bajo el tejado. En el suelo había maletas, muebles rotos y algunos cuadros.

Anne sonrió. «Últimamente duermo muy mal y, sobre las tres de la madrugada, me pareció oír a alguien moviéndose por la casa. Así que me levanté para ver qué pasaba. Pensé que los ruidos venían de arriba, pero cuando grité «¿Hay alguien ahí?», no obtuve respuesta, así que volví a la cama. Hoy decidí subir aquí. ¡Y me encontré con esto!».

Había un cuadro apoyado contra la pared, de espaldas a nosotras. Ella le dio la vuelta. Era el retrato de alguien, pero la cara había sido cortada de forma tan violenta que era irreconocible.

«Qué horror», dije. «¿De quién es la foto?».

«No lo sé. Todas estas cosas estaban en el ático cuando me casé con Lucius y nunca las había mirado antes. ¿Crees que debería contárselo a la policía?».

—No lo sé. No parece estar relacionado con el asesinato. Pero es otra cosa extraña.

Seguí a Anne hasta su salón. «¿Qué planes tienes?», le pregunté de repente.

—¡Oh, voy a vivir aquí otros seis meses! No quiero, pero tengo que hacerlo. Porque si no, la gente dirá que huí porque me sentía culpable. Especialmente cuando... —Hizo una pausa—. Cuando pasen los seis meses, me casaré con Lawrence.

«Pensaba», dije, «que lo harías».

Ella empezó a llorar. «No sabes lo agradecida que te estoy. Si hubiéramos planeado irnos juntos y luego Lucius hubiera muerto, ahora sería horrible. Pero tú nos hiciste ver a los dos lo equivocado que habría sido».

«Yo también te lo agradezco», le dije.

«Pero ya sabes», dijo incorporándose, «a menos que se encuentre al verdadero asesino, la gente siempre pensará que fue Lawrence. Especialmente cuando se case conmigo. Esa es otra razón por la que me quedo. Voy a descubrir la verdad, y por eso le pedí a la señorita Cram que viniera aquí. Creo que sabe algo y quiero vigilarla».

«Y la misma noche que llega, cortan esa foto», dije.

«¿Crees que fue ella? Pero ¿por qué?».

No se me ocurrió ninguna respuesta, así que saqué el pendiente azul de mi bolsillo. —Creo que esto es tuyo.

«¡Oh, sí!». Ella extendió la mano. «¿Dónde lo has encontrado?».

Pero no le puse la joya en la mano. —¿Te importaría si me lo quedo un poco más?

«Por supuesto».

Entonces le pregunté por su situación económica. «Sé que es una pregunta bastante grosera, pero estoy preocupado».

«No creo que sea grosera en absoluto. Lucius era muy rico y dejó todo dividido a partes iguales entre Lettice y yo. Old Hall me corresponde a mí, pero Lettice puede elegir muebles suficientes para una casa pequeña y tendrá dinero suficiente para comprarla».

Me despedí de Anne, pero aún me quedaba una cosa por hacer. Cuando encontré a Lettice sola en la sala de estar, entré y cerré la puerta.

«Lettice», le dije, y le mostré el pendiente, «¿por qué dejaste caer esto en mi estudio?».

«Nunca se me ha caído nada en tu estudio», dijo. «Y ese no es mío. Es de Anne».

«Lo sé», dije. «Pero ella solo ha estado en mi estudio una vez desde el asesinato, y entonces iba vestida de negro y no llevaba pendientes azules».

—Entonces se le debió caer antes. Los llevaba puestos el jueves.

«El jueves», dije, «fue el día del asesinato. La señora Protheroe vino al estudio, pero solo hasta la ventana, no entró en la habitación».

«¿Dónde lo has encontrado?».

—Debajo del escritorio.

«Entonces parece —dijo Lettice— que no dijo la verdad».

«Y ahora sé que tú no estás diciendo la verdad, Lettice. Porque la última vez que lo vi, este pendiente estaba allí el viernes por la mañana, cuando vine a Old Hall con el coronel Melchett. Estaba junto al otro en el dormitorio de tu madrastra».

«¡Oh!». Ella rompió a llorar.

Le dije con suavidad: «Lettice, ¿por qué lo hiciste?».

«¿Qué?», exclamó ella, levantándose de un salto con aspecto salvaje y asustado. «¿Qué quieres decir?».

«¿Fue porque no te gustaba Anne?».

—¡Oh, sí! —De repente, pareció recuperar la confianza—. Así que lo puse debajo del escritorio. Esperaba que eso le causara problemas. Le dije que le devolvería el pendiente a Anne y que no le diría nada sobre cómo lo había encontrado.

CAPÍTULO VEINTITRÉS

Griselda y yo nos fuimos a casa por separado, ya que yo quería dar un rodeo por el túmulo para ver si la policía había encontrado la maleta.

«Aún no hay nada, señor», dijo Hurst. «Pero este es el único lugar donde la señorita Cram podría haberlo escondido. La vieron entrar en el bosque, y ese camino solo lleva a Old Hall y a este montículo».

Le deseé suerte a Hurst y continué hacia la vicaría. Estaba a punto de llegar cuando, de repente, se me ocurrió una idea. El día después del asesinato, había encontrado unos arbustos rotos junto al camino. Había pensado que Lawrence los había roto. Pero, ¿y si el doctor Stone o la señorita Cram habían pasado por allí?

Acababa de llegar al lugar, así que, una vez más, me abrí paso entre los arbustos. Esta vez me di cuenta de que había más ramas pequeñas rotas. Alguien había estado allí después de Lawrence y yo.

Pronto llegué al lugar donde me había encontrado con Lawrence y seguí adelante. De repente, se abrió ante mí un pequeño espacio cubierto de hierba. Había árboles encima, pero de nuevo había algunos arbustos rotos. Crucé y miré entre ellos. Y allí, con gran emoción, vi algo liso escondido bajo las hojas. Entonces saqué una pequeña maleta. Intenté abrirla, pero estaba cerrada con llave. Al levantarme, vi una piedra marrón brillante en el suelo. La recogí y la guardé en mi bolsillo. Luego, llevando la maleta, continué hacia casa.

Cuando llegué al camino, inmediatamente oí una voz familiar: «¡Oh! Sr. Clement. ¡Qué inteligente! ¡Lo ha encontrado!».

«Sí, señorita Marple, voy a llevarlo a la comisaría».

«¿No cree que sería mejor llamar por teléfono?».

Por supuesto que sería mejor llamar por teléfono. Caminar por el pueblo con la maleta solo fomentaría los chismes. Así que entré con la señorita Marple en su casa y llamé por teléfono al inspector Slack.

Llegó poco después, y no estaba de buen humor. «Señor, si creía saber dónde estaba escondida esta maleta, ¿por qué no se lo dijo a la policía?».

«Porque estaba en el bosque cuando de repente se me ocurrió».

Había traído varias llaves y, en un minuto, la maleta estaba abierta. Lo primero que vimos fue un pañuelo rojo. A continuación, había un abrigo muy viejo, luego una gorra vieja y un par de botas viejas e es. En el fondo había un paquete envuelto en papel de periódico. El inspector lo abrió.

Durante un momento, nadie dijo nada. Dentro del paquete había unos pequeños objetos de plata y una bandeja de plata.

«¡La tazza del siglo XVII del coronel Protheroe!», exclamó la señorita Marple.

«Así que ese era su plan», respondió el inspector. «Un robo. Pero nadie ha denunciado la desaparición de estas cosas».

«Quizá no sabían que habían desaparecido», sugerí. «Probablemente, el coronel Protheroe las guardaba bajo llave en algún lugar».

«Debo investigar esto», dijo el inspector. «Iré ahora mismo a Old Hall. Por eso el doctor Stone fue a Londres. Temía que, debido al asesinato, registráramos sus habitaciones y encontráramos esta plata. Así que le dijo a la chica que se pusiera esta ropa vieja y fuera a esconder la maleta en el bosque. Luego, cuando fuera seguro, planeaba volver a recogerla una noche. Bueno, esto demuestra que no tuvo nada que ver con el asesinato».

Cuando se marchó, dije: «Bueno, eso resuelve un misterio. Y Stone no es sospechoso de asesinato».

«Así parece», dijo la señorita Marple. «Pero ¿no es esta plata muy valiosa?».

«El otro día se vendió una tazza por más de mil libras».

«A eso me refiero. La venta llevaría algún tiempo organizarla. Y mucha gente se enteraría. Pero si se denunciara el robo, bueno, las cosas no se podrían vender en absoluto».

«No lo entiendo muy bien», dije.

«Bueno, me parece que la única forma de vender esta plata sería si se hubiera sustituido por copias. Y, por supuesto, como usted dice, entonces el Dr. Stone no tendría ningún motivo para asesinar al coronel Protheroe».

«Exactamente», dije.

«Sí, pero el coronel Protheroe dijo que iba a tasar todas sus pertenencias para el seguro. Hablaba mucho de ello. Por supuesto, no sé si había hecho algún trámite al respecto, pero si lo hubiera hecho...».

—Ya veo.

—Por supuesto, cuando el experto viera la plata, sabría que no era auténtica, y entonces el coronel Protheroe recordaría que se la había enseñado al doctor Stone...

—Lo entiendo. Y creo que debemos averiguarlo con certeza. Volví al teléfono y llamé a Old Hall. —Sra. Protheroe, ¿puede decirme si alguna vez se tasó el contenido de Old Hall?

Su respuesta fue inmediata. Le di las gracias, colgué el auricular y me volví hacia la señorita Marple. —El coronel Protheroe había quedado en que un hombre viniera desde Londres el lunes, mañana, para hacer una valoración completa. Debido a la muerte del coronel, la cita se canceló.

«Entonces había un motivo para el asesinato», dijo la señorita Marple en voz baja.

«Un motivo, sí, pero cuando se produjo el disparo, el doctor Stone caminaba hacia el pueblo con la señora Protheroe y Lawrence Redding».

—Sí —dijo la señorita Marple—. Así que él no puede haberlo hecho.

CAPÍTULO VEINTICUATRO

Volví a la vicaría y encontré a mi coadjutor, Hawes, esperándome en mi estudio. Caminaba de un lado a otro y todo su cuerpo temblaba.

«Querido amigo», le dije. «De verdad que tienes que irte a descansar».

—Bueno, he venido a pedirle que celebre usted la misa esta noche en mi lugar.

—Por supuesto. No te encuentras bien...

—Estoy perfectamente bien. Y quiero celebrar el servicio. Pero no quiero que todos esos ojos me miren. Y estos dolores de cabeza... ¿Podría traerme un vaso de agua?

Le llevé el agua. Entonces sacó una cajita del bolsillo, tomó una pastilla y se la tragó con el agua.

«Espero que no tome demasiadas», le dije.

«Oh, no. El doctor Haydock me advirtió que no lo hiciera». Luego miró hacia la ventana. «Has estado hoy en Old Hall, ¿verdad?».

«Sí».

«Disculpe, ¿le pidió la señora Protheroe que fuera allí?».

Lo miré, sorprendido.

Se sonrojó. «Lo siento. Pensé que había pasado algo y que por eso la señora Protheroe había pedido verle».

«Quería hablar sobre los preparativos del funeral».

«¡Ah! Eso era todo. Ya veo».

No respondí.

Finalmente, dijo: «El señor Redding vino a verme anoche. No sé por qué».

«¿No te lo dijo?».

«Solo dijo que se sentía un poco solo por las tardes. Pero ¿por qué quiere venir a verme? ¡No me gusta! Nunca sugerí que fuera culpable. La única persona de la que sospechaba era Archer».

«¿De verdad cree que él disparó al coronel Protheroe?», le pregunté.

«El coronel Protheroe lo envió a la cárcel. Estaba decidido a castigarlo, así que bebió mucho y luego le disparó. Debes admitir que es probable, ¿no?».

«No, no lo admito».

«¿Por qué no?».

«Porque un hombre como Archer no mataría a otro hombre con una pistola. No es el arma adecuada».

Hawes se quedó sorprendido. No era la respuesta que esperaba. Pronto me dio las gracias y se marchó. Lo acompañé hasta la puerta principal y, en la mesa del recibidor, vi cuatro notas. Todas parecían haber sido escritas por la misma persona y todas decían «Urgente». La única diferencia que pude ver era que una estaba mucho más sucia que las demás.

Mary salió de la cocina y me vio mirándolas. «Las trajeron en mano después de comer», dijo. «Todas menos una. Esa la encontré en el buzón».

Las llevé al estudio. La primera decía:

Estimado Sr. Clement:

He oído algo sobre la muerte del pobre coronel Protheroe.

Por eso me gustaría que me aconsejara sobre si debo acudir a la policía o no.

¿Podría venir a verme esta tarde?

Atentamente,

Martha Price Ridley.

Abrí la segunda:

Estimado Sr. Clement:

Estoy muy preocupada. He descubierto algo que creo que puede ser importante. Me da miedo acudir a la policía. Por favor, querido vicario, ¿podría venir a mi casa esta tarde y ayudarme?

Atentamente,

Caroline Wetherby.

La tercera la pude adivinar sin leerla.
Estimado Sr. Clement:
He oído algo muy importante. Creo que usted debería ser el primero en saberlo. ¿Podría venir a verme esta tarde?
Amanda Hartnell.

Abrí la cuarta nota.
Estimado vicario:
Se ha visto a su esposa salir de la casa del Sr. Redding de forma secreta. Están teniendo una aventura amorosa. Creo que debería saberlo.
Un amigo.

Aplasté el papel en mi mano y lo tiré a la chimenea justo cuando Griselda entraba en la habitación.

«¿Qué estás tirando?», preguntó ella.

«Basura», respondí. Saqué una caja de cerillas del bolsillo. Pero Griselda fue más rápida que yo. Cogió el papel y lo leyó antes de que pudiera detenerla. Luego me lo devolvió.

Lo encendí y lo vi arder. Griselda se había alejado. Estaba de pie junto a la ventana, mirando al jardín.

«Len», dijo.

—Sí, querida.

«Cuando Lawrence vino aquí, te dije que solo lo conocía un poco. Eso no era cierto. Lo conocía bastante bien. De hecho, había estado enamorada de él».

«¿Por qué no me lo dijiste?», le pregunté.

«¡Oh! Porque en algunos aspectos eres muy tonto. Solo porque eres mucho mayor que yo, crees que me pueden gustar otros hombres más que tú».

«Eres muy hábil ocultando cosas», dije.

«Sí. Me gusta bastante hacerlo. Pero es cierto que no sabía lo de Lawrence y Anne. Y me preguntaba por qué apenas se fijaba en mí. No estoy acostumbrada a eso». Hizo una pausa. «¿Lo entiendes, Len?».

«Sí», dije, «lo entiendo».

¿Pero era así?

CAPÍTULO VEINTICINCO

Seguía molesto por la carta anónima. Pero cogí las otras tres cartas y salí de la vicaría.

Me preguntaba qué era lo que las tres señoras querían decirme. También me preguntaba si el inspector Slack había regresado de Old Hall, así que fui a la comisaría y descubrí que sí. Y que la señorita Cram había regresado con él. Estaba sentada allí y decía en voz muy alta que nunca había llevado una maleta al bosque.

«Esa horrible anciana, la señorita Marple, se ha equivocado. Y yo me voy ahora mismo. A menos que vayan a arrestarme».

El inspector respondió abriéndole la puerta y la señorita Cram salió.

«Bueno», dijo Slack. «Puede que la señorita Marple haya cometido un error».

«Puede ser», dije, «pero la señorita Marple suele tener razón. ¿Qué pasa con la plata, inspector?».

«Estaba todo en Old Hall. Así que una parte de la plata debe de ser una copia. Hay un buen hombre en Much Benham que sabe todo sobre plata antigua y he enviado un coche a buscarlo. Pronto sabremos cuál es cuál. Pero el robo no tiene importancia comparado con el asesinato».

Me despedí y me dirigí al pueblo para ver a las ancianas. Pensé que, por supuesto, las noticias que habían oído debían de ser las mismas. Pero me equivoqué.

Primero fui a la casa de la señorita Hartnell. «Qué amable por venir. Nadie detesta los chismes más que yo, vicario. Pero se trata de un deber». Veía que se estaba divirtiendo. «Cuando fui a visitar a la señora Lestrange la tarde del asesinato, pensé que estaba fuera. Pero he oído que ha dicho que estuvo en casa todo el tiempo y que no abrió la puerta porque... bueno, ¡no quería verme!».

«Ha estado enferma», dije.

«¿Enferma? Tonterías. Y no es cierto que estuviera en casa. No estaba. Lo sé».

—¿Cómo es posible que lo sepas?

La cara de la señorita Hartnell se puso roja. «Llamé al timbre dos veces. Quizás tres. Y de repente pensé que quizás no funcionaba».

«¿Sí?». Sabía que era fácil oír el timbre desde fuera. «Así que di la vuelta a la casa y llamé a las ventanas. También miré a través de ellas, pero no había nadie en la casa».

«¿A qué hora fue eso, señorita Hartnell?».

«Debían de ser casi las seis. Después me fui directamente a casa y la señora Protheroe llamó sobre las seis y media para pedirme prestada una revista de jardinería. Y todo ese tiempo el pobre coronel yacía asesinado».

«¿Es eso todo lo que quería decirme?».

«Pensé que podría ser importante, señor Clement».

A continuación visité a la señorita Wetherby. «Querido vicario, es usted muy amable por venir tan rápido. Debe comprender que esto me lo ha contado alguien que conoce la verdad».

En St Mary Mead, una persona que conoce la verdad es siempre el sirviente de otra persona. —¿Quién era?

«Prometí que no revelaría su nombre a nadie. Y yo siempre cumplo mis promesas. Bueno, esta persona dijo que vio a una señora caminando por la carretera que lleva a la vicaría. Pero antes de eso, esta señora miró a su alrededor de una manera muy extraña, para ver si alguien la había visto. Esto fue justo antes de las seis en punto».

«¿En qué día?».

La señorita Wetherby dio un pequeño grito: «¡El día del asesinato, por supuesto!».

«¿Y el nombre de la señora?».

—Empieza por L —dijo la señorita Wetherby.

Aún quedaba por ver a la señora Price Ridley. Y lo primero que dijo fue: «No diré nada a la policía. Pero he oído algo que creo que deberían saber».

«¿Tiene que ver con la señora Lestrange?», pregunté.

«¿Por qué iba a tener que ver?».

No dije nada más.

«Es muy sencillo», continuó. «Mi sirvienta, Clara, estaba de pie junto a la puerta principal cuando oyó un estornudo».

«¿Sí?

«Eso es todo. Oyó un estornudo».

«Pero», dije, «¿por qué es eso extraño?».

La señora Price Ridley dijo muy lentamente: «Oyó un estornudo el día del asesinato, en un momento en el que no había nadie en su casa. Porque el asesino estaba escondido entre los arbustos. Lo que tiene que buscar es a un hombre con un fuerte resfriado».

«Bueno, nuestra sirvienta, Mary, tiene un fuerte resfriado. Debe de haber sido su estornudo lo que Clara oyó».

«Era el estornudo de un hombre», dijo la señora Price Ridley. «Y Clara no podía oír a Mary estornudar en su cocina si estaba de pie en mi puerta».

«Usted no podría oír a nadie estornudar en mi estudio desde su puerta», dije.

«Pero el hombre podría haberse escondido entre los arbustos», dijo la señora Price Ridley. «Bueno, eso es todo lo que tengo que decir».

Me despedí y, al marcharme, le pregunté a Clara por el estornudo.

«Es cierto, señor, oí un estornudo. Y no era un estornudo normal».

Nada relacionado con un crimen es normal. El estornudo sí lo era.

Imaginé el estornudo de un asesino especial. Decidí visitar al Dr. Haydock y fui a su casa.

«Qué alegría verte», dijo. «¿Qué hay de nuevo?».

Le hablé de Stone.

«Bueno, eso explica muchas cosas. Había leído sobre arqueología, pero seguía cometiendo errores y Protheroe debió darse cuenta. Recuerdas la discusión que tuvieron. ¿Y la señorita Cram? ¿Está involucrada?».

«La policía no está segura». Entonces le conté que estaba preocupado por mi coadjutor, Hawes, y que me inquietaba que se escapara para descansar.

«Sí. Supongo que eso sería lo mejor. Pobre hombre».

«Creía que no te caía bien».

—No me gusta. Pero siento pena por mucha gente que no me gusta. Incluso siento pena por Protheroe. A nadie le caía bien porque siempre pensaba que él tenía razón y que los demás estaban equivocados. Ya era así cuando era joven.

«¿Entonces lo conocías?».

—¡Oh, sí! Cuando vivíamos en Westmorland, yo tenía una consulta no muy lejos de su casa. Pero eso fue hace veinte años. ¿Es eso todo lo que venías a decirme, Clement? El doctor Haydock me miraba. Así que le conté mis conversaciones con la señorita Hartnell y la señorita Wetherby. H e pausa y luego dijo: —Es cierto. He estado tratando de proteger a la señora Lestrange de cualquier cosa que pudiera perturbarla. Es una vieja amiga, pero esa no es mi única razón. La señora Lestrange se está muriendo».

«¿Qué?

—Le queda aproximadamente un mes de vida. Y la noche del asesinato estaba aquí, en esta casa.

—Pero no estaba aquí cuando envié a Mary a buscarte. Quiero decir, cuando descubrimos el cadáver.

«No. Había salido a encontrarse con alguien».

—¿En su propia casa?

«No lo sé, Clement».

Le creí, pero sospechaba que sabía más de lo que decía. Entonces se me ocurrió algo y saqué de mi bolsillo la piedra marrón brillante que había encontrado en el bosque. Se la mostré y le pregunté qué era.

«Parece ácido pícrico».

«¿Qué es el ácido pícrico?».

«Es un explosivo. ¿Dónde lo has encontrado?».

Negué con la cabeza. Él tenía sus secretos. Bueno, yo tendría los míos.

CAPÍTULO VEINTISÉIS

Esa noche, mientras me sentaba a cenar, Griselda dijo: «Oh, se me olvidó decírtelo, Len, te ha llegado esta nota mientras estabas fuera».

La cogí y negué con la cabeza. En la parte superior estaba escrito: «A mano - Urgente».

«Esto», dije, «debe de ser de la señorita Marple. Es la única anciana que no me ha escrito hoy». Tenía razón.

Estimado señor Clement:

Me gustaría mucho hablar con usted. Iré a las nueve y media. Quizás la querida Griselda y Dennis serían tan amables de venir aquí y entretener a mi sobrino. Si no tengo noticias suyas, iré a la hora que le he dicho.

Atentamente,

Jane Marple.

Le entregué la nota a Griselda.

«¡Oh, iremos!», dijo alegremente.

Salieron poco después de las nueve y, a las nueve y media en punto, llamaron suavemente a la ventana de mi estudio y abrí la puerta de cristal para que entrara la señorita Marple.

«Supongo que se preguntará por qué me interesa tanto este asesinato. Me gustaría explicárselo». Hizo una pausa y le ofrecí una silla. «Verá, como vivo sola, necesito un pasatiempo. Por supuesto, podría elegir coser o dibujar, pero mi pasatiempo es la naturaleza humana. Es muy interesante. Y cuando hay un misterio y creo saber la respuesta, me resulta muy satisfactorio descubrir que tengo razón».

«Normalmente lo está», dije sonriendo. Luego le conté lo de las tres notas que había recibido esa tarde. Le hablé de la foto de Old Hall con la cara de la persona recortada. Le conté cómo se había comportado la señorita Cram en la comisaría. Y también le hablé de la piedra marrón brillante que había encontrado. «Pero probablemente no tenga nada que ver con el caso», continué. «El doctor Haydock dijo que era ácido pícrico». Entonces le hice la pregunta que llevaba tiempo queriendo hacerle. «Señorita Marple, ¿de quién sospecha? Dijo que había siete personas».

«Al menos, sí», dijo la señorita Marple. «Pero la cuestión es que cada cosa tiene que explicarse correctamente. Y eso es muy difícil. Si no fuera por esa nota...».

«¿La nota?».

«Sí, esa nota es incorrecta, de alguna manera».

«Pero», dije, «ya se ha explicado. Se escribió a las seis y treinta y cinco y otra persona, el asesino, puso la hora incorrecta, las seis y veinte, en la parte superior».

«Pero aun así», dijo la señorita Marple, «todo está mal».

«¿Pero por qué?».

«Escucha». Se inclinó hacia delante con entusiasmo. «La señora Protheroe pasó por delante de mi jardín, se acercó a la ventana del estudio, miró dentro y no vio al coronel Protheroe».

«Porque estaba escribiendo en el escritorio», dije.

«Y ahí es donde está todo mal. Eso fue a las seis y veinte. No habría necesitado decirle que no podía esperar más hasta después de las seis y media. Entonces, ¿por qué estaba sentado en el escritorio?».

«No se me había ocurrido», dije.

«Pensemos en ello de nuevo. La señora Protheroe se asomó a la ventana y pensó que el taller estaba vacío. De lo contrario, no habría bajado al estudio para reunirse con el señor Redding. Y eso nos deja tres posibilidades».

«¿De verdad?

«La primera es que el coronel Protheroe ya estuviera muerto, pero no creo que sea probable. Solo llevaba allí cinco minutos. La segunda posibilidad es, por supuesto, que estuviera sentado en el escritorio escribiendo una nota, pero debe de haber sido una nota diferente a la que se encontró. Y la tercera...».

«¿Sí?», dije.

«Bueno, la tercera es, por supuesto, que la habitación estaba realmente vacía».

«¿Quieres decir que después de que lo hicieran pasar, salió y volvió más tarde?».

«Sí».

«Pero ¿por qué habría hecho eso?».

La señorita Marple negó con la cabeza y se levantó. «Debo irme a casa. Ha sido un placer charlar un rato con usted».

«Gracias», dije. «Pero me siento más confundida que antes».

«¡Oh! No diga eso. Tengo una idea que encaja con casi todo. Es decir, excepto por una coincidencia. Y creo que una coincidencia está bien. Más de una, por supuesto, no lo está».

«¿Así que realmente cree saber quién mató al coronel Protheroe?», le pregunté.

«Sí, excepto por... Si tan solo esa nota hubiera dicho algo diferente». Se dirigió hacia la ventana y, de camino, metió la mano en la maceta de una planta de interior bastante deteriorada. «Pobrecita. Tu criado debería regar esta planta todos los días. Supongo que es Mary quien la cuida».

«No estoy seguro de que «cuida» sea la palabra adecuada para describir lo que hace Mary», respondí. «Volvió de la investigación y se encontró a Lettice Protheroe aquí. Y Lettice le dijo que no limpiaba bien. Eso la molestó».

—¡Oh! —La señorita Marple estaba a punto de salir al jardín cuando se detuvo de repente—. ¡Así que era eso! Era perfectamente posible todo el tiempo. —Se volvió hacia mí—. He sido estúpida, muy, muy estúpida. Buenas noches, señor Clement. —Y se alejó rápidamente por el césped hacia su casa.

CAPÍTULO VEINTISIETE

Acababa de sentarme de nuevo en mi escritorio cuando sonó el timbre. Fui a abrir la puerta y vi que había una carta en el buzón. La saqué, pero al hacerlo, volvió a sonar el timbre, así que guardé la carta en el bolsillo y abrí la puerta principal.

Era el coronel Melchett. «Hola, Clement. Vengo de camino a casa desde la ciudad. Pensé en pasar a saludarte y ver si me podías invitar a una copa».

«Por supuesto. Pasa al estudio».

Melchett me siguió y fui a buscar una botella de vino y dos copas.

«Tengo una noticia para ti, Clement. ¿Recuerdas la carta que Protheroe estaba escribiendo cuando lo mataron?».

«Sí».

«Hemos pedido a un experto que la examine, para determinar si la 6.20 fue escrita por otra persona. Y, por supuesto, le hemos enviado ejemplos de la letra de Protheroe. ¿Y sabes cuál es el resultado? Esa carta no fue escrita por Protheroe en absoluto. Siguen pensando que la 6.20 fue escrita por otra persona, pero no están seguros».

«¿En serio? La señorita Marple ha dicho esta tarde que la nota estaba mal escrita».

Nos miramos el uno al otro. Entonces sonó el teléfono. Me acerqué y lo contesté.

«Quiero confesar», me gritó una voz aguda y nerviosa. «¡Quiero confesar!».

Entonces se cortó la línea. Colgué el teléfono y me volví hacia Melchett. «Una vez dijiste que te volverías loco si alguien más confesaba el crimen».

«¿Sí?

«Era alguien que quería confesar y se cortó la comunicación».

Melchett corrió hacia el teléfono. «Hablaré con la operadora».

«Hazlo», le dije. «Yo voy a salir. Creo que he reconocido esa voz».

CAPÍTULO VEINTIOCHO

Corrí por la calle del pueblo. Eran las once de la noche, pero cuando vi una luz en una ventana del piso de arriba, me detuve y llamé al timbre. Se oyó el ruido de unos pasos, luego una llave giró en la cerradura y una mujer abrió la puerta.

«¡Vaya, es el vicario!», dijo.

«Buenas noches, señora Sadler», respondí. «Siento llegar tan tarde, pero quiero ver a su inquilino, el señor Hawes». Subí rápidamente las escaleras. Hawes estaba dormido en una silla. Junto a él, sobre una mesa, había un frasco de pastillas vacío y un vaso de agua. En el suelo había una carta. La recogí.

Empezaba así: «Mi querido Clement...».

La leí entera y luego cogí el teléfono y pedí a la operadora que me pasara con la vicaría. Me dijeron que la línea estaba ocupada. Así que les pedí que me llamaran cuando estuviera libre.

Entonces saqué de mi bolsillo la nota que había encontrado en el buzón de la vicaría. La letra era la misma que la de la otra carta anónima que había recibido antes. La abrí. La leí una vez, dos veces, pero seguía sin poder creer lo que decía.

Estaba empezando a leerla por tercera vez cuando sonó el teléfono. Como un hombre en un sueño, descolgué el auricular.

—Soy Melchett. ¿Dónde estás? Me he enterado de esa llamada. El número es...

«Sé el número».

«¿Es desde allí desde donde estás hablando?».

«Sí».

«¿Entonces tienes al asesino?».

«No lo sé», respondí. «Será mejor que vengas aquí». Le di la dirección. Luego me senté y volví a leer la carta anónima.

CAPÍTULO VEINTINUEVE

Me pareció que habían pasado años cuando oí que se abría la puerta y Melchett entraba en la habitación. Vio a Hawes dormido en su silla. —¿Qué ha pasado, Clement?

Le pasé una de las cartas y él la leyó en voz alta.

Mi querido vicario:

Tengo que contarle algo muy desagradable. Pero sé quién es el culpable del crimen. Me resulta muy doloroso nombrar a un sacerdote de su iglesia. Pero es mi deber y...

Aquí terminaba la carta. Melchett miró a Hawes. «¡Así que es el único hombre en el que ni siquiera habíamos pensado!». Se acercó al hombre dormido y lo sacudió, primero suavemente, luego con más fuerza. «¡No está dormido! ¡Está drogado!». Cogió el pastillero. «¿Ha...?

«Creo que sí», respondí. «Es su forma de escapar, pobre hombre».

Pero Melchett había atrapado a un asesino y quería que fuera castigado. Cogió el teléfono y pidió el número del doctor Haydock.

«Hola, hola, hola. ¿Podría venir el doctor inmediatamente a ver al señor Hawes? Es urgente... ¿Qué? ¿Cuál es el número entonces? Oh, lo siento». Colgó. «¡Número equivocado! HOLA, me ha dado un número equivocado... Sí, dame tres nueve, nueve, no cinco». Y luego: «Hola, ¿eres tú, Haydock? Soy Melchett. Ven a ver a Hawes inmediatamente, ¿quieres? ¡Inmediatamente, te digo!». Colgó el teléfono y se volvió hacia mí. «¿Dónde has encontrado esta carta, Clement?».

«En el suelo, se le había caído de la mano».

«Así que la señorita Marple tenía razón en que habíamos encontrado la nota equivocada. Pero ¿por qué ese estúpido no destruyó esta? ¡Solo demuestra que es culpable! Escucha, parece que llega un coche». Se acercó a la ventana. «Sí, es Haydock, sin duda».

Un momento después, el médico entró en la habitación. Se acercó a Hawes y lo examinó rápidamente. —No estoy seguro de poder salvarlo, Melchett.

—Haga todo lo posible.

«De acuerdo. Bueno, debo llevarlo al hospital de Much Benham. Ayúdeme a llevarlo al coche».

Ambos lo hicimos. Cuando el doctor Haydock se subió al asiento del conductor, dijo: «No podrás meterlo en la cárcel. El pobre hombre no era responsable de sus actos. Y yo testificaré a su favor».

«¿Qué quería decir con eso?», preguntó Melchett mientras subíamos las escaleras de nuevo.

Le expliqué que Hawes había estado enfermo de la enfermedad del sueño.

«Hoy en día siempre hay una buena razón para cada acción sucia, ¿no es así?».

Pero antes de que pudiera rebatirlo, se produjo una interrupción. La puerta se abrió y entró la señorita Marple. «Lo siento mucho, coronel Melchett, pero cuando me enteré de que el señor Hawes estaba enfermo, sentí que debía venir a ver si podía hacer algo».

«Muy amable por su parte, señorita Marple», dijo Melchett. «Pero ¿cómo sabía que Hawes estaba enfermo?».

«Por teléfono. Usted creía que estaba hablando con el doctor Haydock, pero era conmigo. Mi número es tres cinco».

«Bueno, de todos modos, no hay nada que pueda hacer», dijo Melchett. «Porque Haydock ha llevado a Hawes al hospital».

—¡Oh, eso es una buena noticia! Allí estará a salvo. —Miró la pastillera—. Supongo que tomó demasiadas, ¿no?

—Creo que debería leer esto —le dije, y le di la carta inacabada de Protheroe. Ella la tomó y la leyó. —Sr. Clement, ¿por qué ha venido aquí esta noche?

Le expliqué lo de la llamada telefónica y cómo me había parecido reconocer la voz de Hawes. La señorita Marple asintió. «Así que llegó justo a tiempo».

«¿No cree —dije— que sería mejor que Hawes no se recuperara? Ahora sabemos la verdad y...».

«Por supuesto», dijo la señorita Marple. «¡Por supuesto! ¡Eso es lo que él quiere que pienses! Que sabes la verdad y que es lo mejor para todos tal y como están las cosas. Oh, sí, todo encaja: la carta, las pastillas y la confesión del pobre señor Hawes. Pero todo es falso. Por eso me alegro tanto de que el señor Hawes esté a salvo en el hospital, donde nadie puede llegar a él. Si se recupera, te dirá la verdad».

—¿La verdad?

—Sí, que él nunca mató al coronel Protheroe.

«Pero la llamada telefónica», dije. «La carta, las pastillas. Todo está muy claro».

«Eso es lo que él quiere que pienses. ¡Es muy inteligente! Guardar la carta y utilizarla de esta manera ha sido muy inteligente».

«¿A quién se refiere con «él»?», pregunté.

«Me refiero al asesino», dijo la señorita Marple. «Me refiero al señor Lawrence Redding...».

CAPÍTULO TREINTA

La miramos y no dijimos nada. Creo que por un momento pensamos que se había vuelto loca. El coronel Melchett fue el primero en hablar. —Eso es una tontería, señorita Marple. Se ha demostrado que el señor Redding es inocente.

«Por supuesto», dijo la señorita Marple. «Él se aseguró de ello».

—No —dijo el coronel Melchett—. Hizo todo lo posible para que lo arrestaran por el asesinato.

—Sí —dijo la señorita Marple—. Nos llevó a todos en esa dirección, incluyéndome a mí. Recuerde, señor Clement, que me sorprendió mucho cuando supe que el señor Redding había confesado el crimen. Eso trastocó todas mis ideas y me hizo pensar que no era culpable, cuando hasta entonces había estado segura de que lo era.

«¿Así que sospechaba de Lawrence Redding?», pregunté.

—Sé que en los libros siempre es la persona menos probable. Pero en la vida real suele ser la más obvia. Siempre me ha caído bien la señora Protheroe, pero pronto me di cuenta de que haría cualquier cosa que Lawrence Redding le dijera. Y, por supuesto, él no es el tipo de joven que se casaría con una mujer sin dinero. Así que primero era necesario eliminar al coronel Protheroe.

«¡Tonterías!», exclamó el coronel Melchett. «Sabemos todo lo que Redding estuvo haciendo hasta las 6:50 y el doctor Haydock dice que Protheroe no pudo haber recibido el disparo en ese momento».

«No, claro que no. Porque fue la señora Protheroe quien disparó al coronel Protheroe, no el señor Redding».

Una vez más, la miramos.

«No me pareció correcto hablar hasta ahora, porque aún necesitaba un dato más para explicar lo que había sucedido. Entonces, de repente, justo cuando salía del estudio del señor

Clement, me fijé en la planta que había en la maceta junto a la ventana y... ¡bueno, ahí estaba! ¡Claro como el agua!».

«Una locura, una auténtica locura», me susurró Melchett.

Pero la señorita Marple se limitó a sonreír y continuó: «Me caían bien Anne y Lawrence, así que cuando ambos confesaron de esa forma tan tonta... bueno, me alegré de haberme equivocado. Y empecé a pensar en otras personas que podrían querer muerto al coronel Protheroe».

«¡Los siete sospechosos!», murmuré.

«Sí, efectivamente. Estaba Archer. Y estaba tu Mary. ¡Llevaba mucho tiempo siendo la novia de Archer y estaba sola en la casa cuando ocurrió! Y luego, por e , estaba Lettice, que quería libertad y dinero para hacer lo que le diera la gana. Y Dennis, que haría cualquier cosa por Lettice».

«¡No!», grité.

«Y luego, por supuesto, está el pobre señor Hawes. Y tú».

«¿Yo?», dije.

«Bueno, sí. Estaba ese dinero de la iglesia que desapareció. O tú o el señor Hawes debéis de haberlo cogido. Por supuesto, siempre estuve seguro de que había sido el señor Hawes, pero entonces... también estaba la querida Griselda».

—Pero la señora Clement ni siquiera estaba aquí —interrumpió Melchett—. Regresó de Londres en el tren de las 6:50.

—Eso es lo que ella le dijo —dijo la señorita Marple—. Pero ese tren llegó media hora tarde. Y a las siete y cuarto la vi caminando hacia Old Hall. Así que debió de volver en un tren anterior. —Me miró—. De hecho, la vieron. Pero quizá usted ya lo sepa.

Le entregué la segunda carta anónima que había recibido. Decía que habían visto a Griselda salir de la casa de campo de Lawrence Redding a las seis y veinte del día del asesinato. Eso me había hecho pensar en el antiguo romance entre Lawrence y Griselda.

Quizás Protheroe se había enterado y iba a contármelo. Así que Griselda robó la pistola y le disparó antes de que yo llegara a casa.

La señorita Marple me devolvió la nota. «Pero el jueves por la tarde el crimen ya había sido planeado con mucho cuidado. Lawrence Redding llamó primero al vicario, sabiendo que estaba fuera. Llevaba consigo la pistola, que escondió en esa maceta. Cuando el vicario entró, Lawrence le explicó que había llamado para decirle que había decidido marcharse del pueblo. A las cinco y media, llamó por teléfono al vicario desde North Lodge, fingiendo ser la esposa de un hombre moribundo.

La señora Protheroe y su marido acababan de ir al pueblo. Y, curiosamente, ella no se llevó el bolso. Justo antes de las seis y veinte, pasó por delante de mi jardín y se detuvo para hablar conmigo. Lo hizo para que me diera cuenta de que no llevaba ninguna pistola. Luego dobló la esquina de la casa y se dirigió a la ventana del taller. El pobre coronel estaba sentado en el escritorio escribiéndole una carta. Ella sacó la pistola de la maceta, se acercó por detrás y le disparó. Luego dejó caer la pistola al suelo y se dirigió al taller».

—¿Pero el disparo? —dijo Melchett—. ¿No oíste el disparo?

—Creo que existe algo llamado silenciador Maxim. Así que tal vez el estornudo que oyó el criado de la señora Price Ridley fuera el disparo. En cualquier caso, la señora Protheroe y el señor Redding entraron juntos en el taller y entonces se dieron cuenta, por supuesto, de que yo no saldría de mi jardín hasta verlos salir.

Sonreí ante la divertida comprensión que tenía la señorita Marple de su propio carácter.

«Pero cuando salieron, se comportaban de forma alegre y normal. Y eso fue un grave error. Porque si realmente se hubieran despedido, habrían estado tristes. Pero debido al asesinato, no se atrevieron a mostrarse tristes. Durante los siguientes diez minutos, tuvieron cuidado de que los vieran los habitantes del pueblo y, por fin, el señor Redding regresó a la vicaría. Cogió la pistola y el silenciador, y dejó la carta falsificada con la hora escrita en tinta azul. Pero cuando dejó la carta, encontró la escrita por el coronel Protheroe. Pensó que podría ser útil, así que se la guardó en el bolsillo.

Luego cambió la hora del reloj para que coincidiera con la de la carta falsa. No sabía que siempre se adelantaba un cuarto de hora. Lo hizo para que pareciera que alguien estaba tratando de hacer parecer culpable a la señora Protheroe. Luego salió de la vicaría y se encontró con usted fuera, vicario. Y actuó como si estuviera muy alterado. Lo cual fue inteligente. Porque alguien que acababa de cometer un asesinato, por supuesto, intentaría comportarse con normalidad. Luego se deshizo del silenciador y entró en la comisaría con la pistola y confesó el crimen».

«¿Y el disparo que se oyó en el bosque?», pregunté. «¿Era esa la coincidencia que mencionaste?».

—¡Oh, no! —Miss Marple negó con la cabeza—. Era absolutamente necesario que se oyera un disparo, porque sin él la señora Protheroe podría haber seguido siendo sospechosa. Creo que el ácido pícrico explota si se le cae algo pesado encima. Y recuerde, vicario, que se encontró con el señor Redding llevando una piedra grande en ese mismo lugar del bosque donde más tarde encontró el ácido pícrico.

—Pero el disparo se oyó a las 6:30, cuando Lawrence y Anne salieron del taller. Usted los vio.

—Probablemente, el señor Redding utilizó una cuerda para colgar la piedra sobre el ácido pícrico. Luego prendió fuego al extremo de la cuerda, sabiendo que tardaría unos veinte minutos en quemarse y que la piedra cayera y provocara la explosión. Cuando usted se encontró con él, acababa de recoger la piedra para llevársela.

«¿Para que nadie pudiera descubrir lo que había pasado?».

—Sí, pero cuando usted apareció, fingió que me la traía para mi jardín japonés. Solo que... —La señorita Marple hizo una pausa—. ¡Era el tipo de piedra equivocado para mi jardín! Y eso me hizo pensar.

—¿Pero qué hay de Hawes? —dijo Melchett—. Ha confesado el crimen.

—Sí, pero otro diferente. El pobre señor Hawes se sentía cada vez más culpable por haber cogido el dinero de la colecta.

—¿Qué?

—Como he dicho, el señor Redding guardó la carta del coronel Protheroe y se dio cuenta de que el coronel decía que el señor Hawes era el ladrón. Así que volvió aquí con el señor Hawes anoche y, creo, consiguió poner unas pastillas mucho más fuertes en la caja del señor Hawes. Luego, cuando el señor Hawes estaba inconsciente, le puso esta carta en el bolsillo. Cuando encontraron muerto al pobre joven y leyeron la carta, todos pensarían que había disparado al coronel Protheroe y se había suicidado porque se sentía muy culpable. De hecho, creo que el señor Hawes debió de encontrar esa carta esta noche. Y, en su estado de confusión, decidió confesar».

—¿Pero qué hay de la otra llamada telefónica? —preguntó el coronel Melchett—. ¿La que se hizo desde la casa de campo del señor Redding a la señora Price Ridley?

—¡Ah! —dijo la señorita Marple—. Esa es la coincidencia. La querida Griselda hizo esa llamada. Ella y Dennis habían oído que la señora Price Ridley había estado chismorreando sobre el vicario y el dinero de la iglesia. Y pensaron que eso la haría callar. La coincidencia fue que la llamada se hizo exactamente al mismo tiempo que el disparo simulado desde el bosque. Así que parecía que las dos cosas debían estar relacionadas.

—Su explicación es muy buena, señorita Marple —dijo Melchett—. Pero no creo que pueda demostrar nada de eso.

—Lo sé —dijo la señorita Marple—. Pero usted cree que es cierto, ¿no?

«Sí, lo creo. ¡Pero necesitamos pruebas!».

La señorita Marple carraspeó. —Por eso pensé que tal vez...

—¿Sí?

—Quizá se nos permita tender una pequeña trampa.

CAPÍTULO TREINTA Y UNO

L a miré, sorprendida. «¿Una trampa? ¿Qué tipo de trampa?». «¿Y si alguien llamara por teléfono al señor Redding y le avisara?», dijo la señorita Marple. «Supongamos que el doctor Haydock mencionara que la señora Sadler le había visto cambiar las pastillas de la caja del señor Hawes... Bueno, si el señor Redding es inocente, eso no significaría nada para él. Pero si no lo es...».

«Podría hacer alguna tontería», dije.

«Y demostrar que es culpable», dijo Melchett. «Sí, pero ¿estaría Haydock dispuesto a hacerlo?».

La señorita Marple lo interrumpió emocionada. —Oh, solo era una idea. Pero aquí está el doctor Haydock, así que podemos preguntárselo.

Haydock entró en la habitación con aspecto muy cansado. —Creo que Hawes va a sobrevivir. Aunque quizá preferiría que no fuera así.

«Quizá cambie de opinión», dijo Melchett, «cuando sepa lo que sabemos ahora». Y rápidamente le contó la explicación del crimen que había dado la señorita Marple. Y luego le contó su idea.

Las amables opiniones de Haydock sobre los criminales cambiaron de inmediato. «Si esto es cierto», dijo, «haré lo que usted quiera. Ese pobre Hawes, casi muere. Y si no hubiera sido así, lo habrían declarado culpable de asesinato. Lawrence Redding merece el castigo más severo posible». Así que comenzó a preparar la trampa con Melchett. Y yo acompañé a la señorita Marple a casa.

CAPÍTULO TREINTA Y DOS

No hay mucho más que contar. El plan de la señorita Marple tuvo éxito. Lawrence Redding no era un hombre inocente, por lo que la noticia de que la señora Sadler lo había visto cambiar las pastillas del señor Hawes lo llevó a cometer «una estupidez».

Imagino que su primer pensamiento fue huir. Pero no podía marcharse sin decírselo a Anne. Así que esa noche fue a Old Hall, y dos policías del coronel Melchett lo siguieron. Lanzó piedrecitas a la ventana de Anne para despertarla y ella bajó al jardín para hablar con él. Los dos policías escucharon toda la conversación. Y quedó demostrado que la señorita Marple había acertado en todos los detalles.

Lawrence Redding y Anne Protheroe fueron acusados del asesinato y declarados culpables en el juicio. El inspector Slack fue elogiado por su energía y habilidad. No se dijo nada sobre el papel de la señorita Marple en la resolución del crimen. Y así era como ella quería que fuera.

Lettice vino a verme justo después de que los arrestaran. Entró en mi estudio y me dijo que siempre había estado segura de que su madrastra estaba involucrada. Decir que había perdido su sombrero amarillo había sido una excusa para registrar mi estudio. Esperaba encontrar algo que la policía no hubiera encontrado. Pero cuando no encontró nada, dejó caer el pendiente de Anne junto al escritorio.

«Sabía que ella lo había hecho, así que ¿qué importaba si eso demostraba que lo había matado?».

Hay algunas cosas que Lettice nunca entenderá.

«¿Qué vas a hacer ahora?», le pregunté.

«Cuando todo haya terminado, me iré al extranjero. Con mi madre».

Levanté la vista, sorprendida.

«¿No lo adivinaste? La señora Lestrange es mi madre. Se está muriendo y quería verme, así que vino aquí utilizando un nombre diferente. El doctor Haydock la ayudó. Él estuvo enamorado de ella en el pasado. Creo que todavía lo está. En fin, ella fue a ver a mi padre y le dijo que se estaba muriendo y que tenía muchas ganas de verme. Mi padre era un hombre horrible. ¡Dijo que yo pensaba que ella estaba muerta!

Pero mi madre me envió una nota y yo organicé salir temprano de la fiesta de tenis y encontrarme con ella cerca de la vicaría a las seis y cuarto. Nos separamos antes de las seis y media. Pero después me asusté de que la policía pudiera pensar que ella había matado a mi padre. Por eso corté esa vieja foto de ella. Tenía miedo de que la policía la reconociera. El doctor Haydock también estaba asustado. A veces, creo que realmente pensaba que ella lo había hecho». Hizo una pausa. «Es extraño. Ella y yo nos pertenecemos. Mi padre y yo no. Pero mi madre... bueno, seré e e con ella hasta el final...». Se levantó y yo le cogí la mano. «Espero que algún día seas feliz. Te lo mereces, Lettice».

«¿De verdad?», dijo con una pequeña risa. «No estoy segura de eso. Adiós, señor Clement. Siempre ha sido muy amable conmigo, usted y Griselda».

¡Griselda!

Necesitaba decirle lo mucho que me había afectado la carta anónima. Al principio se rió. Y luego me dijo que debería haber confiado en ella.

«Sin embargo», añadió, «a partir de ahora voy a comportarme muy bien y ser muy seria».

Me costaba imaginar a Griselda así.

Continuó diciendo: «Verás, Len, hay algo nuevo en mi vida. ¡Y también en la tuya! Ya no podrás llamarme «querida niña» cuando tengamos un hijo de verdad. También he decidido que, como ahora voy a ser una «esposa y madre» de verdad, debo ocuparme también de la casa. Así que he comprado dos libros: uno sobre administración del hogar y otro sobre el amor maternal».

«No habrás comprado un libro sobre cómo tratar a un marido, ¿verdad?», le pregunté mientras la abrazaba.

«No lo necesito», respondió Griselda. «Te quiero mucho. ¿Qué más quieres?».

«Nada», respondí.

«¿Podrías decirme, solo una vez, que me quieres locamente?».

«Griselda», le dije, «¡no solo eso, sino que te adoro!».

Mi esposa estaba a punto de besarme cuando, de repente, se apartó.

«Viene la señorita Marple. No le digas nada sobre el bebé. No quiero que todo el mundo me diga que me acueste todo el tiempo. Dile que me he ido a jugar al tenis. Así no pensará en nada relacionado con bebés».

La señorita Marple se acercó a la ventana, sonrió y preguntó por Griselda.

«Griselda», le dije, «se ha ido a jugar al tenis».

«Oh, pero seguro que...». Había una expresión de preocupación en los ojos de la señorita Marple. «No es prudente en este momento». Y entonces se sonrojó.

Así que rápidamente empezamos a hablar del caso Protheroe y del «Dr. Stone», que había resultado ser un ladrón muy conocido. Sin embargo, la señorita Cram había sido absuelta de cualquier delito. Ella finalmente le había dicho a la policía que había llevado la maleta al bosque, pero que pensaba que estaba protegiendo los descubrimientos arqueológicos del Dr. Stone de sus enemigos.

Entonces la señorita Marple dijo: «Espero que la querida Griselda no esté trabajando demasiado. Ayer estuve en la librería de Much Benham...».

Pobre Griselda: ¡ese libro sobre el amor maternal le había dado la pista a la señorita Marple!

«Me pregunto», dije, «si si cometieras un asesinato, ¿alguna vez te descubrirían?».

«Qué idea tan horrible», dijo la señorita Marple. «Y qué travieso es usted, señor Clement». Se levantó. «Pero claro, usted está muy animado». Se detuvo junto a la ventana. «Dele recuerdos a la querida Griselda y dígale que cualquier pequeño secreto está a salvo conmigo». La verdad es que la señorita Marple es muy dulce...

- FIN -

RESÚMENES DE CAPÍTULOS

Capítulo Uno

El vicario Leonard Clement comienza su narración una tarde de miércoles en la vicaría, durante una cena con su esposa Griselda (veinte años menor que él) y su sobrino Dennis. Hace un comentario imprudente de que quien asesine al coronel Protheroe estaría haciéndole un favor al mundo, un momento que retrospectivamente tomará terrible significado. Christie establece las dinámicas familiares: el vicario es reflexivo y algo propenso a la culpa; Griselda es alegre, irreverente y tiene una relación juguetona con su marido mayor; Dennis es un joven cínico pero fundamentalmente inofensivo. La conversación revela problemas recurrentes: Mary, la sirvienta, es incompetente como cocinera pero invaluable de otras formas; Griselda comenta que es «inútil» como ama de casa, algo que su esposo acepta con resignación cariñosa. El capítulo introduce tensión a través de referencias al coronel Protheroe, caracterizado como pomposo, entrometido y generalmente desagradable. Había surgido un conflicto sobre un billete de una libra desaparecido de la bolsa de la colecta de la iglesia, con la señora Price Ridley acusando implícitamente al vicario de mala gestión (o peor). Protheroe, como mayordomo de la iglesia, exige inspeccionar las cuentas, lo que enfurece al vicario no por la auditoría en sí sino por la implicación de deshonestidad. Christie también presenta al nuevo coadjutor Hawes, a quien Protheroe ha tomado inquina, estableciendo patrones de antipatía que impregnarán los capítulos posteriores. La prosa captura tanto el ambiente pastoral de la vicaría como la tensión subyacente de resentimientos comunitarios que hierven bajo la civilidad superficial. La vida de pueblo se retrata como aparentemente idílica pero atravesada por animosidades de larga data. El capítulo introduce la dinámica doméstica entre el vicario de mediana edad y su esposa mucho más joven y vivaz Griselda, cuya diferencia de edad crea comedia amable a través de temperamentos contrastantes. La prosa establece el ambiente acogedor del pueblo a través de menciones casuales de sirvientes, asuntos de la iglesia y obligaciones sociales: el ambiente arquetípico de Christie donde el asesinato romperá la tranquilidad superficial. Griselda menciona su té de la tarde con las damas del pueblo, incluida la señorita Marple, a quien el vicario aprecia bastante a pesar del rechazo de su esposa, quien la considera una chismosa terrible. Esta presentación de la señorita Marple es engañosamente casual, sin dar pista de que esta anciana solterona resultará central para resolver el crimen. El capítulo establece al coronel Protheroe como universalmente antipático: su primera esposa lo dejó, ha peleado con el coadjutor Hawes y exige inspeccionar las cuentas de la iglesia por una donación disputada. El sobrino del vicario, Dennis, parte a jugar tenis en la finca Protheroe, y Griselda amenaza juguetonamente con tener una aventura con Lawrence Redding, el artista que pinta su retrato, creando la atmósfera de intriga y chisme del pueblo que caracteriza los misterios de pueblo inglés de Christie.

Capítulo Dos

Lettice Protheroe, la hija del coronel de su primer matrimonio, visita la vicaría buscando a Dennis, llegando por la entrada del jardín con su vaguedad característica sobre días y fechas. Christie usa a Lettice para proporcionar exposición sobre tensiones familiares mientras la establece como un personaje disperso, algo tonta que podría descartarse fácilmente. Lettice revela que su padre ha prohibido a Lawrence Redding visitar Old Hall después de descubrir que el artista pintó a Lettice en traje de baño, información que establece múltiples conflictos y resentimientos que podrían llevar al asesinato. Su comentario casual de que «si padre muriera, entonces estaría bien» introduce el motivo financiero que complicará la investigación. La prosa emplea la técnica de conversación aparentemente inocente que planta información crucial: la madre ausente de

Lettice, su infeliz relación con su madrastra Anne, su deseo de independencia. El vicario reflexiona sobre los otros habitantes del pueblo: el Dr. Stone, el arqueólogo, y su secretaria la señorita Cram, cuyo arreglo laboral poco convencional proporciona material para el molino de chismes. El capítulo cambia a la fiesta de té de la tarde donde las damas del pueblo se reúnen para discutir los asuntos de todos bajo la apariencia de cortesía social. Christie capta magistralmente la psicología del chisme de pueblo a través de diálogos que revelan cómo estas mujeres observan, interpretan y juzgan cada acción de sus vecinos. La señorita Marple demuestra sus habilidades de observación astuta, notando que vio a Lettice visitar el estudio del vicario y mencionando varias circunstancias sospechosas que involucran a otros aldeanos. La conversación toca a la señora Lestrange, una recién llegada misteriosa que se mantiene aislada, y la relación de Lawrence Redding con la familia Protheroe, estableciendo la red de relaciones y secretos que se volverán relevantes para la investigación del asesinato.

Capítulo Tres

El taller de Lawrence Redding (donde pinta retratos) se convierte en escenario de revelaciones emocionales cuando el vicario lo descubre besando apasionadamente a la señora Anne Protheroe, la joven esposa del coronel. Christie emplea este descubrimiento para complicar la red de relaciones y establecer motivos para el asesinato que vendrá. El vicario se retira discretamente, conmocionado al darse cuenta de que la tranquila y controlada señora Protheroe está involucrada en una aventura adúltera, desafiando su percepción de su carácter. Anne lo confronta inmediatamente después, confesando desesperadamente su amor por Lawrence y su infelicidad en su matrimonio con el coronel mucho mayor. La prosa captura la convención social de la época a través de la angustia del vicario ante la indiscreción sexual y su lucha entre simpatía personal y desaprobación moral. Anne revela que Protheroe es un esposo controlador y desagradable, pero no puede divorciarse debido a las normas sociales y las restricciones financieras. Luego aparece el propio Lawrence, igualmente desesperado, declarando su amor por Anne y expresando frustración ante su situación imposible. El vicario intenta ofrecer consejo pastoral, pero reconoce internamente que no hay solución fácil. El capítulo establece que tanto Lawrence como Anne tienen motivos para desear la muerte de Protheroe, un hecho que se volverá crucial cuando él sea asesinado. Christie también usa esta escena para desarrollar el personaje del vicario, mostrando su compasión por el sufrimiento humano a pesar de su obligación de mantener estándares morales. Más tarde llega el coronel Protheroe en persona para la reunión programada sobre las cuentas de la iglesia, creando tensión dramática dado lo que el vicario acaba de descubrir sobre la relación de su esposa. Protheroe demuestra su típica arrogancia, criticando al coadjutor Hawes y haciendo demandas poco razonables, intensificando aún más la antipatía del vicario. La escena establece que Protheroe estará en el estudio del vicario a las 6:20, un detalle de tiempo que se volverá críticamente importante. El capítulo termina con el vicario siendo llamado urgentemente por el Dr. Haydock, dejando a Protheroe esperando en el estudio, preparando el escenario para el asesinato.

Capítulo Cuatro

El coadjutor Hawes interrumpe el estudio del vicario en un estado de agitación considerable, confesando haber tomado el billete de una libra de la bolsa de la colecta de la iglesia y pidiéndole al vicario que perdone su debilidad. Christie usa esta confesión menor para establecer patrones de culpa y secreto que se reflejarán en las confesiones posteriores relacionadas con el asesinato. La angustia de Hawes es genuina; ha estado atormentado por el robo menor, incapaz de concentrarse en sus deberes, temiendo descubrimiento y vergüenza pública. El vicario responde con más compasión que sorpresa, habiendo sospechado que el billete no estaba realmente perdido sino mal colocado o tomado por alguien cercano. La prosa captura el alivio de Hawes ante el perdón y su gratitud al vicario por no involucrarlo con la policía o exponerlo ante la congregación. Sin embargo, esta absolución crea nueva incomodidad: ahora el vicario debe mentir o evadir cuando la señora Price Ridley pregunte sobre el billete perdido, protegiendo la confianza de Hawes pero potencialmente dañando su propia reputación. La escena establece el carácter del vicario como alguien que valora la misericordia sobre el juicio estricto, dispuesto a aceptar las consecuencias personales de proteger las debilidades de otros. Después de que Hawes se va, llega Lawrence Redding en estado similar de agitación emocional, declarando que debe irse del pueblo para evitar arruinar a Anne Protheroe. Christie yuxtapone las declaraciones melodramáticas románticas de Lawrence y la respuesta práctica del vicario a lo que ya sabía por el chisme del pueblo. Lawrence insiste en que él y Anne no han hecho nada malo más allá de enamorarse, pero sus encuentros han sido notados e interpretados sin caridad. El vicario aconseja a Lawrence que efectivamente deje el pueblo, reconociendo que la proximidad continua solo intensificará la tentación y el chisme. Después de que Lawrence parte dramáticamente, Protheroe regresa a las cuentas, pero su reunión se interrumpe de nuevo, esta vez por una llamada telefónica. El coronel se va abruptamente, prometiendo regresar a las seis y media para terminar su asunto. El vicario se siente aliviado por el respiro, habiendo encontrado la compañía de Protheroe insoportable. Estas interrupciones establecen las idas y venidas fluidas en la vicaría que resultarán relevantes para las coartadas y la oportunidad cuando ocurra el asesinato.

Capítulo Cinco

El día siguiente comienza con asuntos parroquiales ordinarios: el vicario hace visitas, atiende asuntos de la iglesia y navega los pequeños dramas de la vida del pueblo. Christie emplea este capítulo para establecer la rutina normal contra la cual el asesinato contrastará marcadamente. El vicario encuentra varios aldeanos, cada interacción añadiendo textura al retrato comunitario y proporcionando oportunidades para la observación de personajes. Visita a la señora Lestrange, la misteriosa recién llegada, ostensiblemente por deber pastoral pero también por curiosidad sobre la mujer que ha provocado tal especulación. La señora Lestrange lo recibe educadamente pero revela poca información personal, manteniendo la reserva que la ha convertido en objeto de fascinación. El vicario nota sus modales refinados y gusto cultivado, deduciendo que viene de un entorno educado a pesar de sus actuales circunstancias modestas. Su conversación es interrumpida por el Dr. Haydock, cuya presencia parece incomodar a la señora Lestrange, o quizás ponerla ansiosa, aunque oculta su reacción rápidamente. La prosa usa las observaciones del vicario para plantar pistas sin pesadez, permitiendo a los lectores notar detalles que pueden resultar significativos. Más tarde, el vicario encuentra a Anne Protheroe en el pueblo, y tienen una conversación incómoda donde ella le agradece por hablar con Lawrence. Anne parece angustiada y menciona que su esposo se ha vuelto aún más difícil últimamente, insinuando tensiones domésticas más allá de la aventura conocida. El vicario reflexiona sobre su infeliz situación con simpatía, entendiendo cómo podría haberse visto impulsada a buscar afecto en otra parte. Estos encuentros refuerzan el tema de secretos y relaciones ocultas que impregnan la superficie aparentemente plácida del pueblo.

Capítulo Seis

El coronel Protheroe es encontrado asesinado en el estudio del vicario. Christie finalmente entrega el crimen, habiendo pasado cinco capítulos estableciendo personajes, relaciones y la impopularidad de la víctima para crear un campo rico de sospechosos. La escena del descubrimiento emplea convenciones clásicas del misterio: el cuerpo en una ubicación inesperada (el propio estudio del vicario), el tiempo preciso volviéndose inmediatamente relevante, el arma una pistola que no pertenece a la casa. El vicario encuentra al coronel desplomado sobre el escritorio, disparado en la cabeza, con el reloj mostrando las 6:20. La prosa transmite el shock y horror del vicario, su mente inicialmente incapaz de procesar lo que está viendo a pesar de la evidencia ante él. Su primer pensamiento es buscar al Dr. Haydock, siguiendo el impulso práctico de buscar confirmación médica aunque la muerte está obviamente más allá de remedio. El doctor confirma que Protheroe ha estado muerto aproximadamente media hora, estableciendo la hora crucial de muerte alrededor de las 6:00 pm. El inspector Slack llega de la policía local, tomando rápidamente el control de la escena con energía oficiosa que enmascara imaginación limitada. Christie retrata a Slack como el policía convencional que seguirá pistas obvias y sacará conclusiones prematuras, creando espacio narrativo para la detección superior de la señorita Marple. Se encuentra el arma del crimen: una pistola que Lawrence Redding identifica inmediatamente como suya, habiéndola guardado en la vicaría después de mostrársela a Dennis. Este descubrimiento inmediatamente arroja sospecha sobre Lawrence, su enredo romántico con la esposa de la víctima proporcionando motivo obvio, su arma suministrando medios, y su presencia en el área dando oportunidad.

Capítulo Siete

Lawrence Redding confiesa el asesinato, afirmando que disparó al coronel Protheroe durante una confrontación sobre Anne. Christie emplea la técnica de confesión falsa que recurrirá a lo largo de la novela, cada confesión pareciendo plausible pero de alguna manera insatisfactoria. El relato de Lawrence es dramático y romántico: se retrata como un hombre impulsado a la violencia por el amor y la ira justa ante el trato de Protheroe hacia Anne. La prosa presenta su confesión a través de diálogos que revelan su personalidad teatral, su tendencia al melodrama haciendo que su relato parezca de alguna manera performativo en lugar de genuinamente arrepentido. El inspector Slack acepta la confesión fácilmente, complacido de haber resuelto el caso tan rápida y eficientemente. Sin embargo, el vicario se siente inseguro sobre la culpabilidad de Lawrence a pesar de la evidencia aparente: la historia del joven contiene inconsistencias y sus modales parecen incorrectos para alguien que acaba de cometer un asesinato. El tiempo particularmente preocupa al vicario; Lawrence afirma haber matado a Protheroe a las 6:20, pero la evidencia médica del Dr. Haydock sugiere que la muerte ocurrió antes. Cuando se le pregunta sobre esta discrepancia, Lawrence se vuelve vago y defensivo, incapaz de reconciliar su relato con la evidencia física. El capítulo también introduce la reacción de Anne Protheroe a la muerte de su esposo: parece más aliviada que afligida, admitiendo abiertamente que se alegra de que esté muerto aunque niega cualquier participación en el crimen. Su franqueza es honestidad refrescante o actuación calculada, y Christie deja la interpretación ambigua. El vicario reflexiona sobre la complejidad moral de la situación: un hombre ha sido asesinado, pero apenas alguien lo llora, y los principales sospechosos son figuras simpáticas atrapadas en circunstancias imposibles.

Capítulo Ocho

Anne Protheroe proporciona su propia confesión, afirmando que mató a su esposo en defensa propia cuando se volvió violento durante una discusión sobre su relación con Lawrence. Christie ahora tiene dos confesiones para el mismo crimen, creando la imposibilidad lógica que impulsa la investigación: ambas no pueden ser verdad, pero cada confesor parece sincero. El relato de Anne difiere del de Lawrence en detalles cruciales, particularmente respecto al tiempo y la ubicación dentro del estudio. Afirma que Protheroe la atacó y ella agarró el arma en desesperación, disparándole casi accidentalmente en la lucha. La prosa transmite su estado emocional a través de descripción física: manos temblorosas, rostro manchado de lágrimas, voz quebrándose por la tensión, pero también nota momentos de cálculo en sus respuestas. El inspector Slack enfrenta el dilema de dos sospechosos, cada uno confesando y cada uno acusando al otro de mentir para protegerlos. El vicario observa que tanto Lawrence como Anne parecen más preocupados por protegerse mutuamente que por defenderse, sugiriendo amor genuino junto con culpabilidad potencial. La señorita Marple hace su primera intervención significativa en la investigación, señalando al vicario que las dos confesiones no pueden ser ambas precisas y por lo tanto al menos una persona está mintiendo, lo que plantea preguntas sobre la veracidad de ambos relatos. Su sugerencia gentil planta duda sin acusación directa, característico de su método investigativo indirecto. El capítulo explora el tema de autosacrificio noble versus autopreservación egoísta, cuestionando si las confesiones representan gallardía o culpa. Christie usa las narrativas competitivas para crear incertidumbre, evitando que los lectores se acomoden en una solución fácil.

Capítulo Nueve

La investigación del inspector Slack descubre evidencia que complica el caso aparentemente simple de asesinato impulsado por pasión. Christie introduce el procedimiento policial profesional como contrapunto al chisme del pueblo y la detección intuitiva de la señorita Marple. Slack descubre que alguien ha manipulado el reloj del estudio, adelantándolo para mostrar las 6:20 cuando el asesinato realmente ocurrió alrededor de las 6:00. Esta manipulación sugiere premeditación en lugar de crimen pasional, socavando las narrativas de asesinato espontáneo tanto de Lawrence como de Anne. La prosa emplea la técnica de evidencia física característica de la ficción detectivesca, donde los objetos revelan verdades que los testigos ocultan o perciben mal. La manipulación del reloj indica que alguien quería establecer una línea de tiempo falsa, implicándose a sí mismo o a alguien más en un momento particular. Los propios movimientos del vicario se vuelven relevantes: dejó el estudio vacío entre las 5:30 y las 6:15, durante cuyo tiempo ocurrió el asesinato y el cuerpo fue arreglado para ser descubierto. Múltiples personas tuvieron oportunidad de entrar al estudio durante esta ventana: Lawrence, Anne y potencialmente otros cuyos movimientos no han sido completamente verificados. La investigación revela que Protheroe recibió una llamada telefónica poco antes de su muerte, convocándolo a una reunión urgente, pero nadie ha reclamado responsabilidad por hacer esta llamada. Christie usa esta comunicación misteriosa para sugerir conspiración o planificación elaborada más allá del simple crimen pasional. El capítulo también introduce motivos financieros: el testamento de Protheroe deja todo a su esposa Anne, con provisión para Lettice si se casa con la aprobación de Anne. Esta herencia le da a Anne razón financiera concreta para desear la muerte de su esposo más allá de simplemente escapar de un matrimonio infeliz.

Capítulo Diez

La señorita Marple comienza su investigación no oficial haciendo visitas sociales aparentemente casuales que le permiten reunir información y observar el comportamiento de los sospechosos. Christie demuestra el método de la señorita Marple: hace preguntas indirectas, escucha cuidadosamente respuestas y silencios, y nota detalles que otros pasan por alto. Visita varios aldeanos, ostensiblemente para té y charla, en realidad conduciendo entrevistas sistemáticas de testigos sin que nadie se dé cuenta de que están siendo interrogados. La prosa transmite su técnica a través de diálogos que parecen chisme sin rumbo pero que en realidad siguen una progresión lógica, cada pregunta construyendo sobre respuestas previas para construir comprensión integral de los eventos. La señorita Marple presta particular atención a coartadas y líneas de tiempo, estableciendo gentilmente dónde estaba todos durante el período crucial sin hacer obvia su interés. Se entera de que varias personas visitaron o pasaron cerca de la vicaría alrededor del momento del asesinato: el Dr. Stone estaba en el área estudiando su excavación, su secretaria la señorita Cram estaba haciendo recados, la señora Lestrange fue vista caminando cerca de la puerta de la vicaría. La presencia de cada persona crea oportunidades y sospechosos adicionales. La señorita Marple también descubre historia del pueblo largamente enterrada relevante para los eventos actuales: sabe sobre escándalos pasados, conexiones familiares y viejos agravios que otros han olvidado o nunca supieron. Su conocimiento enciclopédico de la naturaleza humana le permite interpretar comportamientos y predecir respuestas basándose en observación de carácter. El vicario comienza a apreciar las capacidades de la señorita Marple, reconociendo que su recolección de chismes sirve a un propósito investigativo serio. Comparte información con ella que retiene del inspector Slack, confiando instintivamente más en su discreción e perspicacia que en los procedimientos policiales oficiales.

Capítulo Once

La investigación revela que el coronel Protheroe estaba chantajeando a alguien en el pueblo, introduciendo un nuevo motivo más allá del enredo romántico. Christie expande el grupo de sospechosos revelando la villanía oculta de la víctima: no era meramente desagradable sino activamente criminal. Entre los papeles de Protheroe, la policía descubre cartas sugiriendo que conocía información comprometedora sobre aldeanos y estaba extrayendo dinero para guardar silencio. La prosa emplea la técnica de evidencia epistolar, usando documentos escritos para revelar hechos que los personajes no dirían en voz alta. El descubrimiento del chantaje transforma el caso de crimen pasional a potencialmente venganza calculada por una víctima diferente por completo. Varios aldeanos tenían razones para temer el conocimiento de Protheroe: las credenciales arqueológicas del Dr. Stone son cuestionables, la señora Lestrange tiene un pasado misterioso que claramente está ocultando, incluso ciudadanos aparentemente respetables pueden albergar secretos que Protheroe descubrió y explotó. El vicario reflexiona sobre la complejidad moral que introduce esta revelación: Protheroe no era meramente una víctima desagradable sino un villano activo cuya muerte podría genuinamente haber salvado a otros de la ruina. La señorita Marple nota que las víctimas de chantaje son particularmente peligrosas porque combinan desesperación con capacidad de planificación, teniendo tiempo para idear esquemas elaborados mientras están bajo presión sostenida. La investigación ahora debe determinar cuál de las víctimas de Protheroe finalmente contraatacó, y si el triángulo romántico que involucra a Lawrence y Anne fue coincidental o diseñado como camuflaje para el trabajo de un asesino diferente. El capítulo plantea preguntas sobre justicia: si matar a un chantajista es asesinato o defensa propia, si algunas víctimas merecen menos simpatía que otras.

Capítulo Doce

Se prueba que la confesión de Lawrence Redding es falsa cuando la evidencia establece que no pudo haber cometido el crimen en el momento que afirmó. Christie resuelve una confesión falsa para mantener el impulso narrativo mientras preserva el misterio. La prueba proviene de múltiples fuentes: un testigo coloca a Lawrence en otro lugar cuando se disparó el tiro, y la posición del arma relativa al cuerpo sugiere que el tirador disparó desde un ángulo inconsistente con el relato de Lawrence. Confrontado con esta evidencia, Lawrence admite que mintió para proteger a Anne, creyendo que ella había matado a su esposo e intentando asumir la culpa él mismo. La prosa transmite su amor genuino y caballerosidad equivocada a través de su angustiada confesión de la confesión falsa, su voluntad de ser ahorcado por un asesinato que no cometió demostrando la profundidad de su devoción. La confesión de Anne igualmente resulta poco confiable: su línea de tiempo no coincide con la evidencia, y los testigos contradicen sus movimientos afirmados. Ella también admite que mintió para proteger a Lawrence, cada amante convencido de que el otro era culpable e intentando salvarlos mediante admisión falsa. Este autosacrificio mutuo es conmovedor pero frustrante para los investigadores, la gallardía de los amantes habiendo enturbiado el agua y desperdiciado valioso tiempo de investigación. El inspector Slack está furioso por haber sido engañado, su certeza prematura sobre el caso ahora revelada como error vergonzoso. El vicario reflexiona sobre la ironía de que dos personas desesperadamente querían confesar este asesinato mientras el asesino real permanece silencioso y no identificado. La señorita Marple sugiere que las confesiones falsas mismas proporcionan información: el asesino real probablemente anticipó y quizás alentó esta confusión, usando el triángulo romántico obvio como cobertura para su propio crimen.

Capítulo Trece

La señora Lestrange emerge como una figura sospechosa con conexiones inexplicadas con la víctima. Christie introduce el arquetipo de sospechoso extraño misterioso, la forastera cuya misma presencia en el pueblo requiere explicación. La investigación revela que la señora Lestrange conoció a Protheroe hace años, aunque niega cualquier contacto reciente. Sin embargo, los testigos la colocan cerca de Old Hall poco antes del asesinato, y no puede proporcionar una coartada convincente para el período crucial. La prosa emplea la técnica del pasado gradualmente revelado, distribuyendo información sobre la historia de la señora Lestrange en fragmentos que crean más preguntas que respuestas. Admite bajo interrogatorio que Protheroe la había estado chantajeando por un incidente de su juventud, convirtiéndola en otra persona con fuerte motivo para quererlo muerto. Sus pagos de chantaje habían agotado sus recursos, explicando sus circunstancias estrechas y aislamiento: vivía tranquilamente para evitar atraer atención mientras pagaba las demandas de Protheroe. La señorita Marple nota que el comportamiento de la señora Lestrange desde el asesinato ha sido peculiar; en lugar de mostrar alivio ante la muerte de su chantajista, parece ansiosa y asustada, como si todavía estuviera en peligro. Esta reacción sugiere conciencia culpable o conocimiento de que el asesino representa una amenaza continua. El vicario visita a la señora Lestrange para ofrecer apoyo pastoral, encontrándola al borde del colapso nervioso. Ella insinúa tragedia pasada y miedo actual pero no confiará completamente, protegiendo secretos incluso a costa de parecer culpable. El capítulo explora el tema de pecados pasados siguiendo a las personas a nuevas vidas, cómo los intentos de escapar de la historia son finalmente fútiles cuando alguien conoce la verdad.

Capítulo Catorce

La excavación arqueológica del Dr. Stone proporciona una conexión inesperada con el asesinato cuando se encuentra una pieza crucial de evidencia en el sitio de excavación. Christie usa la excavación tanto como ubicación física como metáfora para el trabajo detectivesco de descubrir verdades enterradas. Un botón de la chaqueta del coronel Protheroe se descubre en la zanja de excavación, sugiriendo que visitó el sitio poco antes de su muerte. Este hallazgo contradice la línea de tiempo establecida de sus movimientos ese día y plantea preguntas sobre qué asunto tenía en la excavación. El Dr. Stone afirma ignorancia de cualquier visita de Protheroe, pero su secretaria la señorita Cram menciona nerviosamente haber visto al coronel cerca del sitio esa tarde. La prosa emplea la técnica del testigo poco confiable, ya que la historia de la señorita Cram cambia detalles con cada relato, sugiriendo memoria pobre o engaño deliberado. El sitio de excavación está en la tierra de Protheroe, que inicialmente había prohibido al Dr. Stone explorar, luego concedió permiso a regañadientes después de alguna discusión.

La investigación de este arreglo revela que el Dr. Stone acordó pagar a Protheroe una suma inusualmente grande por derechos de excavación, posiblemente otra forma de chantaje, ya que las credenciales de Stone y las fuentes de financiamiento no resisten el escrutinio. La señorita Marple hipotetiza que Stone descubrió algo en el sitio que Protheroe usó como palanca, extrayendo pago por permiso para continuar la excavación y silencio sobre lo que Stone deseaba ocultar. El capítulo demuestra cómo personajes aparentemente periféricos y subtramas se conectan con el crimen central, la técnica de Christie de tejer múltiples hilos en un patrón complejo.

Capítulo Quince

La herencia de Lettice Protheroe y su reacción a la muerte de su padre quedan bajo escrutinio. Christie examina el ángulo de hija como sospechosa, los modales vagos de Lettice y el deseo admitido de independencia haciéndola una asesina plausible. Lettice ha sido curiosamente poco afectada por la muerte de su padre, sin mostrar ni pena ni intento de fingirla. La prosa transmite su peculiar aplanamiento emocional a través de diálogos donde discute el asesinato como si fuera un evento del pueblo moderadamente interesante en lugar de la muerte violenta de su padre. Su situación financiera mejora dramáticamente con la muerte de Protheroe: hereda una suma sustancial directamente, ya no dependiente de asignaciones dadas a regañadientes. Sin embargo, Lettice parece más interesada en la libertad de la presencia dominante de su padre que en el dinero mismo. Menciona casualmente que discutió con su padre el día antes de su muerte, una discusión suficientemente violenta para que los sirvientes la escucharan, aunque afirma no recordar sobre qué era. Esta amnesia conveniente levanta sospechas, ya sea encubrimiento culpable o genuina vaguedad característica de su personalidad distraída. El vicario encuentra difícil evaluar a Lettice porque nunca parece comprometerse completamente con ninguna conversación o emoción, su atención divagando incluso al discutir temas graves. La señorita Marple sugiere que esta cualidad etérea podría ser actuación calculada en lugar de naturaleza auténtica, la tontería de Lettice proporcionando cobertura perfecta para acción deliberada. El capítulo explora cuán difícil es juzgar a las personas cuyos modales públicos parecen incongruentes con las circunstancias, si la falta de respuesta emocional indica culpa o simplemente una constitución psicológica inusual.

Capítulo Dieciséis

El Dr. Haydock emerge como figura significativa con conocimiento oculto sobre múltiples sospechosos. Christie presenta al médico del pueblo como repositorio de secretos comunitarios, su papel profesional dándole acceso a información que otros no poseen. Haydock ha estado tratando a la señora Lestrange por problemas nerviosos, sabe sobre la salud y temperamento de Protheroe, y ha observado las dinámicas entre varios sospechosos. La prosa emplea la técnica de secreto profesional médico como obstáculo a la investigación: Haydock no puede revelar lo que sabe sin violar confidencialidad médica, creando tensión entre su conocimiento y su ética. Sin embargo, hace comentarios oblicuos que sugieren sabe más de lo que puede decir directamente, particularmente sobre la señora Lestrange y su conexión con Protheroe. El vicario lo presiona para obtener información, pero Haydock se mantiene firme en su obligación de confidencialidad incluso cuando hacerlo puede impedir que se haga justicia. La señorita Marple, sin embargo, logra extraer pistas de las cosas que Haydock no dice, sus omisiones y reacciones revelando información que sus palabras retienen. El capítulo también establece que Haydock estuvo cerca de la vicaría alrededor del momento del asesinato, llamado por el vicario bajo pretexto que resultó ser falso (la llamada no vino del vicario sino de alguien haciéndose pasar por él). Este engaño sugiere que el asesino deliberadamente sacó al vicario del estudio para crear oportunidad, usando el nombre de

Haydock para dar legitimidad a la urgencia. El médico se vuelve tanto testigo potencial como sospechoso, su presencia en el área durante el tiempo crucial requiriendo explicación. Capítulo Diecisiete

La investigación descubre una complicada red de relaciones entre la víctima y casi todos en el pueblo, cada conexión proporcionando motivo potencial. Christie emplea la técnica de sospecha acumulada, mostrando cómo la investigación integral revela que casi cualquiera podría haber querido a Protheroe muerto. El Dr. Haydock, el aparentemente neutral médico del pueblo, se revela haber tenido serios conflictos profesionales con el coronel, quien amenazó con denunciarlo por negligencia médica. El incidente del billete de una libra perdido de la señora Price Ridley era en realidad parte de un esquema mayor de malversación que Protheroe estaba investigando, convirtiéndola en sospechosa a pesar de su estatus respetable. Incluso Dennis, el sobrino del vicario, había peleado con Protheroe sobre su atención a Lettice, el coronel viendo a Dennis como una conexión inadecuada para su hija. La prosa crea un sentido de conspiración o al mínimo hostilidad colectiva, todo el pueblo teniendo razones para querer a la víctima muerta. La señorita Marple nota que tal antipatía universal es inusual, sugiriendo que Protheroe activamente cultivó enemigos a través de sus comportamientos de intimidación y chantaje. El capítulo también revela que varias personas mintieron sobre sus coartadas, aunque no necesariamente porque cometieron el asesinato: algunos protegieron a otros, algunos ocultaron actividades vergonzosas pero inocentes, y algunos simplemente entraron en pánico cuando fueron interrogados por la policía. Esta maraña de engaño hace que establecer la verdad sea cada vez más difícil, ya que los investigadores deben determinar qué mentiras importan y cuáles son irrelevantes para el crimen real.

Capítulo Dieciocho

Se descubre una segunda arma, complicando la narrativa directa de que la pistola de Lawrence Redding mató a Protheroe. Christie introduce esta evidencia para derribar conclusiones prematuras y forzar reconsideración de todo el caso. El segundo arma se encuentra oculta en el jardín de la vicaría, posicionada donde el asesino podría haberla arrojado desde la ventana del estudio. Las pruebas balísticas revelan que esta segunda arma, no la pistola de Lawrence, disparó el tiro fatal: el arma de Lawrence fue disparada después de la muerte, su bala alojándose inofensivamente en la pared como si alguien hubiera escenificado la escena para incriminar a Lawrence. La prosa emplea la técnica de evidencia plantada, sugiriendo que el asesino era lo suficientemente sofisticado para crear un rastro falso implicando a una persona inocente. Este descubrimiento exonera a Lawrence definitivamente pero plantea nuevas preguntas sobre quién tenía acceso a dos armas y por qué fueron a tales extremos elaborados para incriminarlo. La señorita Marple hipotetiza que el asesino real conocía la aventura de Lawrence y Anne y deliberadamente diseñó su crimen para explotar ese sospechoso ya hecho. Los orígenes del segundo arma son difíciles de rastrear: es un modelo más antiguo que podría pertenecer a muchas personas. El vicario la reconoce como similar a armas guardadas en varios hogares del pueblo, incluido su propio armario de armas. Alguien podría haberla robado días o semanas antes del asesinato, planeando el crimen con premeditación significativa. La investigación ahora debe determinar quién tenía tanto conocimiento de que el arma de Lawrence estaba en la vicaría como acceso a la segunda arma usada en el asesinato real.

Capítulo Diecinueve

La señorita Marple reúne al vicario, al Dr. Haydock y al inspector Slack para compartir su teoría del crimen. Christie emplea la escena clásica de revelación en la sala de estar donde el detective explica su razonamiento, aunque la señorita Marple característicamente enmarca su explicación como sugerencia tentativa en lugar de acusación certera. Comienza notando que el asesinato requirió conocimiento íntimo de las relaciones del pueblo y las rutinas de la vicaría, eliminando extraños aleatorios u oportunistas de paso. El asesino necesitaba saber que el arma de Lawrence estaba en la vicaría, que el estudio estaría vacío durante el período crucial, que Protheroe tenía una cita allí, y que la aventura de Lawrence y Anne los haría sospechosos creíbles. La prosa usa el estilo de entrega gentil y apologético de la señorita Marple para suavizar conclusiones impactantes, su hábito de comparar eventos del pueblo con incidentes del pasado de St Mary Mead haciendo que sus deducciones parezcan reminiscencia inocente en lugar de acusación cortante. Explica cómo la manipulación del reloj, las coartadas falsas y la evidencia escenificada apuntan hacia un asesino que entendió la psicología humana y usó la culpa y el amor de otros como cobertura para su propio crimen. El asesino real, sugiere la señorita Marple, era alguien cercano a la investigación, observando cómo caía la sospecha y ajustando su historia en consecuencia. El capítulo construye tensión a través de la eliminación metódica de sospechosos por parte de la señorita Marple, cada conclusión estrechando el grupo hasta que solo queda una persona. Sin embargo, se detiene antes de nombrar al asesino directamente, en su lugar arreglando circunstancias para forzarlos a revelarse.

Capítulo Veinte

El asesino intenta huir después de darse cuenta de que la señorita Marple ha resuelto el caso, pero su escape es evitado. Christie entrega el clímax de acción donde el rompecabezas intelectual se resuelve en confrontación física. El pánico y la huida del asesino sirven como confesión, su intento de escapar confirmando culpabilidad que de otro modo podría permanecer improbable. La prosa emplea técnicas de secuencia de persecución: urgencia, obstáculos, escapes por poco, mientras mantiene el carácter esencialmente británico del escenario, la persecución ocurriendo a través de callejuelas y campos del pueblo en lugar de calles urbanas. El vicario participa en la captura, su coraje físico equilibrando su anterior incertidumbre intelectual sobre la investigación. Cuando es acorralado, el asesino intenta justificar sus acciones, entregando un monólogo que explica motivo, método y justificación. La confesión revela la planificación elaborada que fue al crimen: semanas de preparación, estudio cuidadoso de los movimientos de otros y manipulación psicológica para asegurar que otros fueran sospechosos. Christie usa esta explicación para unir todos los detalles misteriosos y pistas falsas que confundieron la investigación anterior. El asesino reclama justificación moral por asesinar a Protheroe, citando su chantaje e intimidación como merecedores de pena capital. Sin embargo, la confesión también revela motivos egoístas: el asesino iba a ganar financieramente con la muerte de Protheroe y tenía agravios personales más allá de cualquier deseo altruista de librar al pueblo de un villano. El capítulo explora el tema de justicia vigilante versus proceso legal, cuestionando si matar a una persona malvada es asesinato o ejecución necesaria.

Capítulo Veintiuno

Las consecuencias del arresto revelan cómo el asesinato afectó a varios residentes del pueblo, su alivio ante la resolución mezclado con shock ante la identidad del asesino. Christie emplea el desenlace para abordar consecuencias emocionales y sociales junto con la resolución legal. Algunos aldeanos se sienten vindicados en sus sospechas, mientras otros expresan shock por haber sido engañados por alguien que creían conocer. La prosa captura el procesamiento colectivo del pueblo del crimen, cómo las comunidades absorben e interpretan eventos traumáticos a través de discusión y construcción narrativa. Lawrence y Anne ahora pueden reconocer su relación abiertamente, el asesinato habiéndolos liberado paradójicamente del secreto que había causado tales complicaciones. Sin embargo, su felicidad está temperada por culpa sobre cómo su aventura proporcionó cobertura para el crimen del asesino real. Lettice hereda la finca de su padre pero parece incierta sobre qué hacer con su recién encontrada libertad y riqueza, toda su identidad habiendo sido definida por oposición al control de su padre. La señora Lestrange, ya no sujeta a chantaje, planea dejar el pueblo y reconstruir su vida en otro lugar. Las credenciales cuestionables del Dr. Stone son expuestas, pero enfrenta solo vergüenza profesional en lugar de cargos criminales. El vicario reflexiona sobre cómo la investigación del asesinato reveló las vidas ocultas y pecados secretos de personas que pensaba conocer bien, cuestionando si algún párroco realmente entiende a su congregación.

Capítulo Veintidós

La señorita Marple explica su método detectivesco al vicario, revelando cómo resolvió el caso a través de observación de la naturaleza humana en lugar de pistas físicas. Christie usa este capítulo como meta-comentario sobre la ficción detectivesca misma, la señorita Marple articulando el enfoque basado en psicología que la distingue de detectives más convencionales. Explica que prestó atención a quién actuó fuera de carácter y quién actuó demasiado perfectamente en carácter: comportamiento extremo en cualquier dirección sugiriendo actuación en lugar de autenticidad. La prosa transmite la filosofía de la señorita Marple a través de ejemplos de la vida del pueblo, su conocimiento enciclopédico de tipos humanos permitiéndole reconocer cuándo las personas se desvían de sus patrones establecidos. Nota que el asesino cometió un error crucial: intentaron parecer demasiado obviamente inocentes, creando una coartada tan perfecta que parecía sospechosa. La señorita Marple también explica cómo usó el chisme como herramienta investigativa, no creyendo todo lo que oía pero notando patrones en lo que las personas elegían compartir y ocultar. El vicario aprecia su sabiduría sutil mientras nota que su método requiere profunda comprensión de la naturaleza humana acumulada a través de décadas de observación aguda. La señorita Marple reconoce que la vida de pueblo proporciona campo de entrenamiento ideal para trabajo detectivesco, la pequeña comunidad permitiéndole observar ciclos de vida completos y dinámicas de relación que revelan verdades universales sobre el comportamiento humano. El capítulo valida el enfoque de la señorita Marple mientras reconoce sus limitaciones: funciona en el sistema cerrado de la vida de pueblo pero podría no traducirse a entornos urbanos más anónimos.

Capítulo Veintitrés

Los procedimientos legales contra el asesino comienzan, con el juicio convirtiéndose en el tema principal de conversación del pueblo. Christie maneja el juicio de manera resumida, más interesada en dinámicas sociales que en drama de sala de jueces. La prosa transmite información sobre testimonio y evidencia a través de personajes discutiendo los procedimientos en lugar de representarlos directamente. El asesino mantiene su reclamo de acción justificada, argumentando que eliminar a un chantajista sirvió al bien mayor a pesar de la criminalidad técnica. Sin embargo, el jurado resulta inmovible por este argumento moral, condenando sobre evidencia clara independientemente del carácter de la víctima. El veredicto trae reacciones mixtas de los aldeanos: algunos sienten que se hace justicia, mientras otros simpatizan con los motivos del asesino incluso mientras reconocen la necesidad legal de la condena. El vicario lucha con su papel en la conclusión de la investigación, preguntándose si el perdón cristiano requiere que se oponga al castigo para alguien que actuó por desesperación comprensible. Griselda, característicamente práctica, argumenta que asesinato es asesinato independientemente del motivo y que permitir juicios personales sobre la dignidad de las víctimas llevaría a la anarquía. El capítulo explora la tensión entre justicia legal y complejidad moral, la regla clara contra matar versus la realidad matizada de que algunas víctimas son más difíciles de llorar que otras. La condena resuelve la pregunta legal mientras deja abiertas preguntas morales, Christie reconociendo que las conclusiones pulcras de la ficción detectivesca no satisfacen completamente la realidad desordenada del crimen y castigo.

Capítulo Veinticuatro

El pueblo gradualmente regresa a la vida normal, aunque el asesinato ha alterado permanentemente relaciones y percepciones. Christie muestra cómo las comunidades absorben y superan el trauma, integrando eventos extraordinarios en la narrativa de la vida ordinaria. El vicario reanuda sus deberes pastorales, encontrando que su participación en la investigación ha cambiado cómo los feligreses se relacionan con él: algunos más respetuosos de sus capacidades, otros más cautelosos de su conocimiento de sus secretos. El retrato de Griselda por Lawrence Redding se completa, el pintor habiendo canalizado su tumulto emocional en su arte. El vicario piensa privadamente que el retrato hace a Griselda verse demasiado seria, perdiendo su vivacidad esencial, pero guarda esta opinión para sí mismo. El Dr. Stone parte del pueblo en desgracia, sus credenciales arqueológicas expuestas como en gran parte fraudulentas aunque sus hallazgos reales en la excavación resultaron legítimos. La señorita Cram lo sigue, aparentemente sin dejarse intimidar por la revelación de sus engaños. La señora Lestrange también se va, escribiendo para agradecer al vicario por su amabilidad y explicando que debe comenzar de nuevo donde el pasado no pueda perseguirla. El hogar Protheroe experimenta transformación: Anne afirma que dejará Old Hall, que guarda demasiados recuerdos infelices, pero Lettice sorprende a todos anunciando su intención de quedarse y administrar la finca ella misma. La prosa transmite cómo las consecuencias del asesinato crean oportunidades junto con trauma, algunas personas descubriendo fuerza que no sabían que poseían mientras otras huyen de verdades incómodas reveladas. Dennis permanece en la vicaría por ahora, sus planes para el futuro inciertos pero su relación con Lettice aparentemente continuando.

Capítulo Veinticinco

La señorita Marple recibe reconocimiento por resolver el caso, aunque característicamente minimiza su papel. Christie usa este capítulo para honrar a su detective mientras mantiene la persona modesta y auto-efacing que hace a la señorita Marple un personaje tan atractivo. El vicario públicamente le acredita haber resuelto el asesinato que desconcertó a la policía, pero la señorita Marple insiste en que meramente aplicó sentido común y experiencia de pueblo a patrones obvios. El inspector Slack, forzado a reconocer su éxito, lo hace a regañadientes, manteniendo que el trabajo policial apropiado eventualmente habría llegado a la misma conclusión. La prosa captura las dinámicas sociales de crédito y reconocimiento, cómo la edad y género de la señorita Marple llevan a otros a minimizar su logro incluso mientras reconocen su resultado. El vicario reflexiona privadamente que la señorita Marple posee genio para la observación y deducción igual a cualquier detective famoso, sus talentos pasados por alto porque los empaqueta en la apariencia de anciana chismosa. Griselda argumenta que la señorita Marple deliberadamente cultiva esta persona, reconociendo que las personas comparten información más libremente con alguien que consideran inofensivo. La señorita Marple ni confirma ni niega esto, sonriendo enigmáticamente y cambiando de tema. El capítulo también aborda las preguntas filosóficas que el caso planteó sobre justicia, culpa y las complejidades morales del asesinato. La señorita Marple nota que resolver crímenes y castigar criminales no elimina el mal que los impulsó al crimen: el pueblo todavía contiene secretos, mentiras y violencia potencial bajo su superficie plácida. El papel del detective es restaurar el orden, no perfeccionar la humanidad, una limitación que la señorita Marple acepta con realismo de ojos claros.

Capítulo Veintiséis

Una reunión en la vicaría junta a los principales de la investigación para reflexión y cierre. Christie emplea la escena de reencuentro para permitir a los personajes procesar eventos y a la autora abordar cualquier cabo suelto restante. El vicario organiza una cena para los más afectados por el caso: Lawrence y Anne, ahora abiertamente una pareja; la señorita Marple; el Dr. Haydock; y algunos otros. La conversación revisita la investigación desde la distancia de varias semanas, permitiendo a los participantes compartir perspectivas e información retenida durante la crisis. La prosa usa este diálogo para proporcionar cierre a hilos de trama menores y arcos de personajes dejados sin resolver por la solución del asesinato. Lawrence y Anne anuncian su compromiso, habiendo decidido esperar un intervalo respetuoso antes de casarse pero reconociendo su compromiso públicamente. Su felicidad está ensombrecida por el conocimiento de que el asesinato de Protheroe los liberó para estar juntos, aunque ninguno fue responsable de su muerte. El vicario ofrece consejo pastoral sobre aceptar la felicidad sin culpa, argumentando que no fueron responsables de las acciones del asesino incluso si se beneficiaron de ellas. La señorita Marple escucha estas discusiones con su atención característica, ocasionalmente ofreciendo observaciones que revelan que sabe más de lo que ha dicho sobre los secretos de varias personas. La velada demuestra cómo la investigación creó vínculos entre sus participantes, la experiencia compartida de crisis forjando conexiones a través de fronteras sociales que usualmente separan a los residentes del pueblo. Griselda nota que la investigación del asesinato ha sido el evento más emocionante en su tiempo como esposa del vicario, un comentario que hace a su esposo tanto reír como preocuparse por sus prioridades.

Capítulo Veintisiete

El vicario reflexiona sobre las lecciones aprendidas de la investigación, tanto sobre detección como sobre naturaleza humana. Christie usa la narración en primera persona del vicario para proporcionar sumación temática y comentario autorial sobre el significado de la historia. El vicario ha aprendido que personas que pensaba conocer bien contenían profundidades que nunca sospechó: capacidad tanto para mayor bien como para mayor mal de lo que imaginó. La prosa emplea reflexión filosófica sobre la naturaleza del conocimiento y la verdad, cuestionando si alguien verdaderamente conoce a alguien más o si todos presentamos versiones curadas de nosotros mismos al mundo. La investigación reveló que casi todos en el pueblo albergaban secretos, mantenían fachadas y engañaban a otros sobre sus verdaderas naturalezas y actividades. Este reconocimiento perturba la fe del vicario en comunidad y conexión humana, aunque gradualmente se reconcilia con la idea de que misterio y privacidad son aspectos inevitables de la vida social. Se da cuenta de que su papel como pastor requiere aceptar la complejidad humana en lugar de demandar transparencia completa o perfección moral. El éxito de la señorita Marple en resolver el crimen vino de entender que las personas siempre actúan según sus naturalezas, incluso cuando intentan engañar: la clave es reconocer su verdadera naturaleza bajo cualquier máscara que usen. El vicario determina aplicar esta sabiduría a su trabajo pastoral, mirando bajo las superficies para entender las necesidades y luchas genuinas de sus feligreses. El capítulo también reconoce que el final de la historia es agridulce: se hace justicia, pero las vidas están dañadas, y la inocencia del pueblo (si alguna vez existió) se pierde permanentemente.

Capítulo Veintiocho

El misterio del billete de una libra perdido de la señora Price Ridley finalmente se resuelve en un anticlímax cómico que proporciona alivio tonal después de la oscuridad del caso de asesinato. Christie usa la resolución de esta subtrama para demostrar que no todos los misterios son siniestros y que el error humano es a menudo más común que la malicia humana.

El billete nunca fue robado: la propia señora Price Ridley lo había puesto distraídamente en su bolso en lugar de en la bolsa de la colecta, luego olvidó haberlo hecho. Lo descubre mientras busca otra cosa y se mortifica por la acusación falsa que hizo. La prosa transmite su vergüenza a través de sus elaborados intentos de disculparse sin admitir la extensión de su error. El vicario acepta graciosamente su disculpa mientras se divierte privadamente por el incidente que comenzó tanto conflicto por nada. Esta resolución proporciona comentario temático sobre el misterio principal: las personas son rápidas para asumir robo, fraude o malicia cuando la explicación inocente a menudo es suficiente. El vicario reflexiona que si el pueblo hubiera sido menos rápido para creer lo peor de cada uno, el chantaje de Protheroe habría sido menos efectivo y posiblemente el asesinato podría haberse evitado. Sin embargo, también reconoce que la naturaleza humana tiende hacia la sospecha en lugar de la caridad, y cambiar ese patrón requeriría más que la influencia de un vicario. El incidente del billete se convierte en una broma recurrente en el pueblo, mencionada siempre que alguien hace acusaciones infundadas, un pequeño bien emergiendo de los eventos trágicos.

Capítulo Veintinueve

Griselda anuncia que está embarazada, cambiando el enfoque de la vicaría de misterios pasados a posibilidades futuras. Christie usa este desarrollo para proporcionar esperanza y renovación después de los elementos más oscuros de la historia, la promesa de nueva vida simbolizando la capacidad de la comunidad para regeneración. El vicario está encantado y ansioso en igual medida, preocupándose por su capacidad de ser buen padre dada su edad y temperamento. Griselda característicamente descarta sus preocupaciones, declarando que los bebés son más simples que las investigaciones de asesinato y tiene toda confianza en su adaptabilidad. La prosa captura la maravilla del vicario ante la paternidad inminente y su reflexión sobre cómo este niño crecerá en el pueblo que ha sido tan cambiado por eventos recientes. Espera criar al niño con mejor comprensión de la complejidad de la naturaleza humana de la que poseía antes de la investigación. La señorita Marple, informada del embarazo, inmediatamente comienza a tejer ropa de bebé y ofrecer consejo extraído de su extensa observación de niños del pueblo a lo largo de las décadas. Su sabiduría práctica sobre crianza de niños impresiona a Griselda a pesar de su escepticismo general sobre tomar consejos. El anuncio del embarazo crea emoción en el pueblo, proporcionando tema sano de conversación después de meses dominados por asesinato y escándalo. El vicario nota qué rápido la comunidad se mueve de tragedia a celebración, la resiliencia de la vida ordinaria afirmándose contra perturbaciones extraordinarias. El capítulo refuerza temas de continuidad y renovación, sugiriendo que mientras las vidas individuales terminan y los crímenes perturban comunidades, la vida misma persiste con optimismo terco.

Capítulo Treinta

El vicario visita la tumba del coronel Protheroe, presentando respetos a pesar de haber detestado al hombre y haber dicho que merecía ser asesinado. Christie usa esta escena para resolución moral y emocional, el vicario confrontando su propia complicidad en el clima de hostilidad que rodeó a la víctima. De pie ante la tumba, el vicario lamenta su comentario descuidado sobre que el asesinato sería un favor al mundo: incluso en broma, tales declaraciones contribuyeron a la devaluación de la vida de Protheroe que hizo que su muerte pareciera aceptable para alguien. La prosa emplea el escenario del cementerio para reflexión sobre mortalidad y valor humano, cuestionando si alguien está más allá de la redención o es tan malvado que su muerte se vuelve buena. El vicario reza por el alma de Protheroe y por perdón por sus propios pensamientos poco caritativos, reconociendo que la enseñanza cristiana requiere que llore todas las muertes independientemente de sentimientos personales sobre el fallecido. También reflexiona sobre el destino del asesino, esperando que la prisión permita tiempo para arrepentimiento y eventual perdón. Esta escena demuestra el compromiso del vicario con los principios de su fe incluso cuando entran en conflicto con reacciones humanas naturales. Reconoce que resolver el asesinato fue necesario para la justicia pero que la justicia sola no satisface la necesidad del alma de misericordia y redención. La visita a la tumba proporciona catarsis, permitiendo al vicario reconocer sus sentimientos complicados y moverse hacia perdón genuino tanto de víctima como de asesino.

Capítulo Treinta y Uno

Ha pasado un año desde el asesinato, y el vicario reflexiona sobre cómo el pueblo ha cambiado y qué permanece igual. Christie emplea distancia temporal para proporcionar perspectiva sobre los eventos, mostrando cómo el tiempo transforma crisis en memoria y memoria en historia. El asesinato permanece como el evento más dramático del pueblo, discutido en cada reunión y embellecido con cada relato hasta que los hechos se vuelven casi míticos. Los nuevos residentes que llegan piden escuchar la historia, y los residentes de toda la vida disfrutan su estatus como testigos de la historia. La prosa captura cómo las comunidades narrativizan sus traumas, creando historias coherentes que pueden no capturar completamente la confusión e incertidumbre que caracterizó la experiencia real. El vicario nota que su propia comprensión de los eventos ha cambiado con el tiempo: algunos aspectos que parecían cruciales en el momento ahora parecen incidentales, mientras que detalles que pasó por alto han resultado más significativos en retrospectiva. La señorita Marple continúa su observación de la vida del pueblo, ocasionalmente mencionando cómo los eventos recientes son paralelos a patrones históricos que ha presenciado a lo largo de décadas. Lawrence y Anne se han casado y mudado, incapaces de vivir cómodamente en el pueblo donde su relación se volvió tan pública. Lettice administra Old Hall competentemente, habiendo madurado considerablemente a través del trauma de perder a su padre y heredar responsabilidad. El hijo del vicario, ahora de varios meses, representa el futuro del pueblo, una generación para quien el asesinato será evento histórico en lugar de experiencia vivida.

Capítulo Treinta y Dos

El vicario concluye su narrativa reflexionando sobre la experiencia de registrar estos eventos y lo que el proceso de escritura le ha enseñado. Christie usa técnica metaficcional, haciendo que el narrador reconozca su papel como autor del texto que los lectores han estado experimentando. El vicario explica que escribió este relato para organizar sus pensamientos y lograr cierre sobre los eventos traumáticos, el acto de creación narrativa proporcionando distancia y comprensión terapéuticas. Reconoce la dificultad de saber dónde comenzar la historia, habiendo comenzado con el almuerzo del miércoles donde hizo su desafortunado comentario sobre que el asesinato sería un servicio. Mirando atrás, ve cómo ese momento encapsuló todo lo que siguió: la hostilidad de la comunidad hacia Protheroe, la propia complejidad moral del vicario, y la forma casual en que las personas discutían violencia sin imaginar consecuencias reales. La prosa emplea estructura circular, regresando a la escena inicial con nueva comprensión de su significado. El vicario nota que las historias detectivescas típicamente terminan con resolución pulcra, todas las preguntas respondidas y el orden restaurado, pero la vida real permanece más desordenada incluso después de que los crímenes se resuelven. El pueblo todavía contiene secretos, las personas todavía se engañan a sí mismas y a otros, y el potencial para violencia futura persiste a pesar de la vigilancia policial y la presencia atenta de la señorita Marple. Sin embargo, el vicario encuentra esperanza en la resiliencia de la comunidad y capacidad para renovación, en nueva vida como su hijo, y en la posibilidad de que comprender la oscuridad de la naturaleza humana pueda ayudar a prevenir futuras tragedias. Cierra reconociendo incertidumbre sobre si ha aprendido las lecciones correctas de estos eventos, pero se compromete a aplicar cualquier sabiduría que haya ganado a su continuo trabajo pastoral en St Mary Mead.

MUERTE EN LA VICARÍA

Descubra la Serie Clásicos Mavenhill

Historias atemporales, bellamente reimaginadas para los lectores de hoy.

La serie Clásicos Mavenhill devuelve a la vida las más grandes obras literarias del mundo con diseño moderno, formato accesible e introducciones expertas que contextualizan cada libro para una nueva generación. Ya sea que esté redescubriendo un favorito querido o experimentando una obra maestra por primera vez, estas ediciones cuidadosamente curadas aseguran que la literatura clásica permanezca tan cautivadora y relevante como siempre.

Cada título de Clásicos Mavenhill está presentado cuidadosamente con tipografía renovada, arte de portada elegante e impresionantes ilustraciones de capítulo por artistas seleccionados a mano, asegurando que cada edición sea una experiencia visual y literaria. Inspiradas en las mejores tradiciones de la ilustración de libros, estas obras de arte insuflan nueva vida a historias atemporales, haciendo que cada volumen sea tanto un placer coleccionar como leer.

Desde misterios apasionantes y aventuras épicas hasta romances eternos y dramas que invitan a la reflexión, nuestra colección abarca géneros y generaciones, invitando a los lectores a explorar las historias que han dado forma a la literatura y la cultura.

Explore Más Clásicos Mavenhill – Descubra su próxima gran lectura y construya su colección de obras maestras literarias. Visite www.mavenhill.com o explore la serie completa en línea.

Porque las grandes historias nunca deben desvanecerse, deben redescubrirse.

www.ingramcontent.com/pod-product-compliance
Lightning Source LLC
Chambersburg PA
CBHW030536130626
46552CB00006B/2290